中经典
**Novella**

Colombe Schneck
**LA RÉPARATION**

弥 补

[法国]科隆布·施内克 著  白钰 译

人民文学出版社
PEOPLE'S LITERATURE PUBLISHING HOUSE

著作权合同登记号　图字 01-2017-5075

Colombe Schneck
**La réparation**
Ⓒ Editions Grasset & Fasquelle, 2012

**图书在版编目(CIP)数据**

弥补／(法)科隆布·施内克著；白钰译. —北京：
人民文学出版社，2017
(中经典)
ISBN 978-7-02-013110-5

Ⅰ.①弥…　Ⅱ.①科…　②白…　Ⅲ.①中篇小说-法国-现代　Ⅳ.①I565.45

中国版本图书馆 CIP 数据核字(2017)第 170499 号

总 策 划　黄育海
责任编辑　朱卫净　何家炜　郁梦非
装帧设计　张志全

出版发行　人民文学出版社
社　　址　北京市朝内大街 166 号
邮政编码　100705
网　　址　http://www.rw-cn.com

印　　刷　上海盛通时代印刷有限公司
经　　销　全国新华书店等

字　　数　80 千字
开　　本　889×1194 毫米　1/32
印　　张　4.25
插　　页　2
版　　次　2018 年 1 月北京第 1 版
印　　次　2018 年 1 月第 1 次印刷

书　　号　978-7-02-013110-5
定　　价　28.00 元

如有印装质量问题，请与本社图书销售中心调换。电话：010－65233595

人们将不再是任何事物的受害者,独裁、混乱、那些摧毁生活的一切都不再是凶手。只要人们用"自己"①的话来描述它。

——大卫·格罗斯曼

我们每个人的生活都不是一次爱的尝试,而是孤注一掷。

——帕斯卡尔·吉纳尔,《秘密生活》

---

① 法文中原词为"propres",有"自己的"和"恰当的"两层意思。

致莎乐美

一九四三年十月二十六日，玛丽被筛选出来，和她的外孙女莎乐美、外孙卡尔曼一起。几天之后，他们死在了奥斯维辛的毒气室里。

一九四三年十月二十六日这一天，我的曾外祖母玛丽通过走向死亡这个行动，将生与死、如今的幸存者与奥斯维辛连结到了一起。这一切，我是最近才知道的。

然而，我的母亲爱莲娜曾经鼓励我听她说一说。

当时我怀着孕，她好像是恳求帮忙一样向我提议："要是你生个女儿，能不能在她的名字中加上莎乐美？这是我表妹的名字，她什么都没有留下来。"这是我第一次听到莎乐美这个名字。

我没有进一步询问母亲。我漫不经心地回答她说："可以啊。"好像这没什么大不了的。我的儿子出生了，而后母亲去世了，我也就忘记了她的愿望。在母亲所生活的那个世界里，一些人幸存下来，另一些人死去了，我对这个世界一无所知。

二〇〇三年，母亲去世两年之后，我的女儿出生了。她名叫莎乐美，因为一个女友向我推荐说，"你不觉得这个名字挺好吗？"就这样，我几乎纯属偶然地回想起母亲的愿望。莎乐美降生了，而我则陷入了恐慌。要是我女儿也死了，我怎么能继续活下去呢？

莎乐美的第一夜是在家里度过的，我入睡后很快被第一个噩梦惊醒了。母亲打电话给我。不可能，她不在人世了，这我知道，我在梦中不停地这样对自己说。她坚持着，我接通了电话。我可以向她宣布莎乐美出生的消息了。这会让她非常高兴的。母亲挂了电话。我没来得及和她说话。

我惊醒之后，昏头昏脑，很快又睡着了。这一次，我又梦到一些手里拿着刀的大胡子男人。他们企图打开莎乐美房间的窗子。我推开他们，把窗子关上。他们消失了。我醒了过来，懵懵懂懂，对梦境不得其解。

莎乐美·伯恩斯坦，我女儿继承了她漂亮的名字，她是外祖母的姐妹瑞雅的女儿。

我的外祖母金达一九〇八年出生在立陶宛一个有良好教育的犹太家庭，家人相亲相爱。她有两个姐妹，瑞雅和玛莎，还有一个兄弟，纳胡姆，他们都留在立陶宛生活，金达则在一九二四年选择来到法国求学并且和一名俄罗斯裔医生结了婚。我母亲爱莲娜我舅舅皮埃尔先后出生了。关于莎乐美，只留下来一张照片。

照片上有日期，一九三九年七月一日，还有这个名字，阿帕纳缪，用蓝色墨水写在了照片右上方。我很久都以为阿帕纳缪是摄影师的名字，但后来却发现帕纳缪是科夫诺一座郊区[①]，"这是立陶宛最美的地方之一，尼曼河在这里

---

[①] "阿帕纳缪"写作"A Panemunè"。"我"起初以为它是一个名字，后来才发现它是两个单词"à Panemunè"，表示"在帕纳缪"。

绕了个圈",那儿也有第四集中营,是科夫诺犹太隔离区几个行刑地之一。

画面上是一对夫妇和一个小女孩儿。莎乐美两三岁大,金色的头发剪得齐齐的,留着偏分,脸上露出调皮的微笑。她穿着白色绣花的裙子。莎乐美不是骑在她父亲的脖子上,而是完全坐在了他的右肩上。父亲用右手托着她,左手紧紧搂着他的妻子瑞雅,我外祖母金达的姐妹。瑞雅举起左手来握住她丈夫的手。她穿着一件白色西装裙还有一件印花的衬衫,眼中透着活力,也梳着偏分,棕色的头发拢到了后面,腕上戴了一只金色手镯表。男人叫马克斯·伯恩斯坦。他已经有点秃顶,裤子的皮带显得过紧了,身上穿着衬衫打着领带。他们一家人在一幢木屋前拍照,隐约能看见一扇窗户,带花边的窗帘,铺着瓦片的屋顶还有一个街道号,19。

这是一九三九年七月一日一个立陶宛犹太家庭拍下的其乐融融的照片。这张照片我从没在外祖母家见到过。

金达独自凝视着他的姐姐、外甥女还有姐夫,不敢把照片给任何人看。直到一九九〇年,她才将照片拿出来,她带着它去了耶路撒冷亚德瓦谢姆大屠杀纪念馆,为了填写战争中消失的三十一位家庭近亲的见证卡。在她外甥女的卡片上,她附了这张照片。这张她从未给她女儿看过的照片。母亲爱莲娜跟我提过莎乐美,"她连一张照片也没留下。"在母亲和外祖母之间,围绕不在人世的莎乐美保持着一层缄默。既没有图片为证,也没有语言交流。

我偶然找出了亚德瓦谢姆纪念馆那张照片的副本。它在我卧室壁炉的横梁上。看着莎乐美和她父母，我祈求他们："离开，离开立陶宛，这个就快被诅咒的地方。"他们听不到我。

伯恩斯坦一家：莎乐美、马克斯和瑞雅。

外祖母的姐妹瑞雅和玛莎年轻的时候，战争还没有开始。瑞雅学习过钢琴，嫁给律师马克斯·伯恩斯坦，正因为马克斯人太好，反而当不成大律师。在一九三六年或是一九三七年瑞雅生了一个女孩儿叫莎乐美。玛莎完成法律学位后嫁给了一名医生。一九四〇年他们有了个男孩儿叫卡尔曼。我听说过瑞雅和玛莎的名字，但并不了解她们本人。我外祖母金达常常提起她们的名字。"瑞雅和玛莎"，"瑞雅和玛莎"，她这样重复着。

这些名字就像一串神秘咒语一样回荡着。

我之前从没听说过瑞雅女儿莎乐美的名字。二〇〇三年二月一日我女儿出生时，九十六岁的金达正沉浸在失去自己的女儿爱莲娜的痛苦中。当她来抱曾外孙女时，小姑娘大哭大叫。金达就像没听到一样，反而觉得她很可爱。我没有向金达询问瑞雅和玛莎。或许她已经准备好了，我要么现在就问要么从此再也不提。这一刻本可以成为一次弥补。一个新的莎乐美出生了，她大喊大叫，充满生气又令人着迷，金达本可以告诉我一九四六年她到慕尼黑与幸存姐妹重逢之时了解到的一切。而她什么也没跟我说。我也没向她问。怎样谈起死亡和幸存者的新生呢？这于她而言是不得体的。她看着我照顾我女儿,细心地给她穿衣服,对她爱护有加。金达似乎对新生儿的到来很高兴。其他的都不得而知。

母亲爱莲娜只提起过莎乐美一次。那次她问能否给我将出生的孩子起名叫莎乐美。这是她已故表妹的名字。"除了这个名字她什么也没留下"。母亲声音怯怯地,就像是请求我完成一个难以达成的心愿一样。而我随口回答:"也可以。"没有给母亲什么保证。这轻描淡写只是个表象。

我很早就知道关于战争、关于立陶宛的事情,瑞雅和玛莎的幸存、莎乐美的去世,都如同秘密和传奇一般,我知道我应该保护这一切。我曾以为对此一无所知是保护真相的一种方式。从小到大,面对母亲爱莲娜和外祖母金达,我都暗暗让自己不要给她们添加更多烦恼。她们已经哭得太多了,不应该打扰她们的悲伤和沉默,不要向她们发问。

只有一次,痛苦被唤醒了。外祖母说收到了一张德国来的补偿支票。那年我八岁,她让我去老佛爷百货买一个最漂亮的玩具娃娃。我们坐上公交车穿过塞纳河到了这家大百货公司。玩具专柜上齐齐地排着几百个娃娃,个个脸蛋胖乎乎,头发金灿灿,嘴唇红彤彤。但哪个也不讨我喜欢。我哭了起来,我不想要娃娃。我没能让外祖母高兴,用德国人的钱买一个最漂亮的娃娃。我觉得这些娃娃都特别难看。外祖母牵着我的手，我们两个一起回去了。她不问我为什么不想要玩具娃娃，我也没问她为什么德国人要补偿她。什么也弥补不了她的痛苦。她微微发热的手拉着我的手不肯放开。

起初我错了。

我觉得这太轻巧了。穿着金褐色羊皮便鞋,欣赏超凡脱俗的爱情故事,喜爱地中海的浴场,你是这样一个姑娘却自以为可以写些关于犹太人大屠杀的东西?可事情就是这样。我母亲的表妹莎乐美、她的舅舅、姨妈、外祖父母战前生活在立陶宛。如今已经找不到他们所在犹太社区的痕迹。立陶宛百分之九十五的犹太人都被杀害了。外祖母在这里出生,母亲年幼时常常到这里度假,这些与立陶宛千丝万缕的联系都被抹得一干二净。从一九四五年开始,金达和爱莲娜都坚守沉默。金达从没告诉过爱莲娜她的外祖母、姨妈、舅舅、她的表妹莎乐美、小表弟卡尔曼都经历了什么。他们一些人幸存下来,剩下的人去世了,没什么可多说的。

一旦开口,我只是往她们的伤口上撒盐。当我给女儿起了莎乐美这个好名字的时候,她身上就笼罩了一层我不曾知道的诅咒。

一九〇八年,我的外祖母金达出生在波尼威治。

有时她会提起这座气候寒冷、遍布木屋的小镇。她保留了一些家乡的习惯:用带柄的杯子喝加了很多糖的茶,还要就着荞麦粥。她常给孙辈做这种用大麦种子制成的吃食。

立陶宛是欧洲北部一个地势平坦的国家。从十二世纪开始，这里就生活着一群犹太人。他们生活富足，从事手工艺、商业和教学工作。那时大学生活、文化生活十分丰富。尽管经历了俄国、波兰的入侵，以及十四世纪沙皇对犹太人的屠杀，犹太人在立陶宛的生活还是不错的。大学、剧院、报社、学校、种着茄子和黄瓜的菜园让人目不暇接。立陶宛在第一次世界大战之后成为了一个独立的民主共和国。对犹太人来说，两次世界大战之间是一段"黄金年代"。他们是一群真正文化自治的公民。在意第绪语的主流报纸上，每期都有十页文学副刊，而且每天扉页都印着一首诗。我外祖母的姐妹们都写诗，诗歌是她们日常生活的一部分。

外祖母的一个朋友因为受入学名额限制被法学院拒绝了，于是移民到了阿根廷。但当人们问他为什么愿意到阿根廷生活时，他解释说：我发现阿根廷《今报》的文学副刊有十五页，我一定要到这样一个国家生活。

被大学拒绝的羞辱他只字未提。

外祖母金达当年学习很好，她说服了家长送她到巴黎学医。一九二六年她到了巴黎。她向我坦言："即便到了现在这个年纪，我也不知道自己当初是如何说服父母放我到巴黎学习的。"终于，有一天她对我说："因为我很坚决。"不过她从未告诉过我她是因为躲避大学入学名额限制才来巴黎的。她不是那种喜欢抱怨的人。

她永远都身姿挺拔。一次我们两个一起在丁香园吃饭，她故意显得没看到我帮她切肉，她指着对面招牌上写着"布列"的建筑。那里战前曾是一家舞厅，如今成了咖啡馆。她喜欢讲述那些她工作之余去跳舞的年头，而我则喜欢听她说。她当时住在塞纳街上的斯堪的纳维亚酒店。她到法兰西学院的圆顶礼堂去跳舞，戴着她收藏的一条粉色、青色、银色珍珠串成的项链。她还有一个珍藏，那是一个倾慕她的美国人送的一本皮革装订的《雅歌》，上面印着"致金达吾爱"。

这两个物件是那段无忧无虑的生活曾经存在过的鉴证。

金达能流利地讲五种语言，她和她同辈的亲友讲话用意第绪语和俄语，和晚辈讲话用法语、英语和希伯来语，这些无法用来表达战争前和战争中发生的事的现代语言。她说自己已经忘记了立陶宛语。

祖母与子女、孙辈之间没有什么传承。之前的世界已经被掩埋了，只剩下一些残迹：盐渍小黄瓜，野牛草伏特加①，罂粟蛋糕和荞麦粥。我五岁了，十二岁了，二十岁了，三十五了，当我在金达家吃饭时，菜单年复一年从没变过。她做好了荞麦粥，递给我一个盘子说："努②。"这是她跟孙辈们用的唯一一个俄语词。饭后，我在客厅随手翻看皮革制成的厚厚的相册。相片里有她和她的弟弟纳胡

---

① 用黑麦粒酿制，以波兰特有的野牛草调味的一种酒精饮品。
② 俄语中的一个语气词，意为"喏"。

姆，姐妹瑞雅和玛莎，都还是孩子，他们穿着水手的衣服照相。画面上女孩儿们都在发辫上系了白色的宽发带，只有金达没有，她最不爱打扮。金达则插话说："我那时是班上最好的学生。"

从幼年时期到青年时期一直到长大成人，我常常整个下午地翻看这些相册，我从不发问，我不知道自己在寻找什么。相册里一张莎乐美的照片都没有，我不知道有她这个人。我在等待金达给我讲一个我并不想听的故事。

金达今年九十二岁了，还跟我三岁的儿子一起玩捉迷藏，她笑啊笑啊，一直笑个不停。她从不显得疲惫。我带她穿过卢森堡花园，没发现她很吃力。我们在一家咖啡店的露天座位上坐下，她点了一杯玉泉汽水。她对我承认说："我累极了。"我便带她乘出租车回家。我很惭愧，我一直以为她永远不会倒下。

当金达还是学生的时候，她总去跳舞但在感情上仍保持严肃的态度。由于第一次进解剖室就晕倒了，她放弃了学医。她完成的是化学本科学业。我羡慕金达曾住在塞纳街的一间屋子里，这对我来说非常时髦。八十年代时斯堪的纳维亚酒店还在营业，十年前停业了。我从它门前走过，想象着金达当年的样子，她穿着蓝色套头衫，和她有神的眼睛很搭。当人们打招呼问她："最近还好吗？"她就笑着反问："你说呢？"她的笑声很特别：你弄不清她到底是在笑还是在哽咽。金达还有一点让我很欣赏：她一句法语都不会就独自决定到巴黎生活，她编织了自己的人生。

她和一个男人恋爱了。这个人严肃、悲观但性感而深情。他吸薄荷香烟。金达的爱人辛卡·阿帕切夫斯基是名医生，祖籍俄国。后来他和金达相继取得了法国国籍。金达、她的丈夫和他们的女儿在巴黎弗里德兰生活。我的外祖父母常和一些俄国朋友交往，两人谈论政治，偏向左派，对犹太复国主义感兴趣，读法文小说，用俄语和法语同女儿交流，他们关心时事并对在东边德国发生的事情感到担忧。金达和辛卡了解德国新任总理阿道夫·希特勒的讲话，他们的书房里有一九三〇年记者阿尔伯特·伦敦出版的《犹太流浪者来了》这本书。辛卡给金达大声读过调查报告中的一段，是大屠杀前夕在乌克兰小城普洛库洛发表的一份日程纪要：

"我奉劝群众停止这些无政府主义的游行。由此我要提醒犹太佬儿注意。要明白所有国家都厌恶你们这个民族。你们在基督徒中间播下了不和的种子。你们就不想好好生活吗？难道你们不可怜你们所在的国家吗？你们只想安安静静生活，好啊！那就保持安静。真是个不祥的民族！你们不停地使可怜的乌克兰人民心头笼罩不安。"

金达和辛卡对现实没有抱任何乐观幻想。

那年夏天，金达和辛卡带着小爱莲娜穿过纳粹德国，他们要到波尼威治待几个星期，和金达的父母兄弟姐妹度假，住在金达小时候住过的漂亮的木头别墅里。在一九三六年，他们最后一次踏上了去立陶宛的长途旅行。

我不知道莎乐美·伯恩斯坦，金达的姐妹瑞雅的女儿是否已经出生，但她就要出现了。

火车上的旅行令人难以忍受。

在跨入德国边境的时候，辛卡把护照递给海关人员。他们的姓氏是"阿帕切夫斯基"，兼有犹太、俄国和苏维埃成分。虽然他们有法国国籍，但"阿帕切夫斯基"这个姓氏在一九三六年足以引起一个德国海关人员的注意。金达想要去卫生间，她焦虑的时候就会这样。爱莲娜，才四岁的小爱莲娜哭泣着。辛卡勉强应付着。负责的海关人员穿着胸襟上缝着纳粹徽章的蓝色制服，翻遍了他们护照的每一页。他清楚地知道面前的是些犹太人。这家的丈夫是在职医生，身材十分纤瘦还带着精致的眼镜，妻子更加庄重，棕皮肤，蓝眼睛，鼻梁高挺。他们是犹太人。那个工作人员想了一下，说："这个小姑娘在犹太佬儿里还算挺好看的。"他有这个权力，可以吓唬别人。他利用这个权力，被人侮辱过的人总是喜欢侮辱别人。在他面前的是法国人，新入籍的法国人，他不能不让他们过去，但可以恐吓他们来取乐。他问："你们是犹太人？"辛卡回避说："我们是东正教徒。"他说这话的时候很平静。

到达立陶宛的时候，辛卡和金达讲了他们在德国的见闻，纳粹旗还有商店门前"犹太人禁止入内"的字样。大家很快打断了他们。谁想因为这些毁了整个假期呢？玛莎讲述去年瑞雅的婚礼，金达当时没能参加。"你简直无法想象一个和我们一样相亲相爱的家庭，一想到我们的未来我就幸福得想流泪。"

在波尼威治,什么都比不上爱莲娜什卡①。"这简直是世界上最漂亮的小姑娘!"瑞雅和玛莎姨妈称赞道。在立陶宛,人们亲吻爱莲娜,争着把她抱在怀中,在她的口袋里塞满了糖果。她的母亲有些担心,她的女儿不会被宠坏吧?莎乐美的妈妈瑞雅安慰她说:"上帝呀,要是我女儿以后也像爱莲娜一样漂亮就好了。"金达自己不是姐妹中最好看的,有这么一个惹人喜爱的女儿让她格外高兴。她给姐妹们看她和她女儿在著名的雅顾工作室拍的照片。金达穿着一件白色的丝质上衣,紧身外套,整理得一丝不乱的头发梳成中分,既给人一种知性庄重的感觉,又显得她十分温柔,好像只要好好和她商量,她什么事都会答应你一样。小爱莲娜则身穿水手衣服显得十分调皮。她的姨妈瑞雅是对的,她是这个世界上最漂亮的小姑娘。

这个夏天在立陶宛拍的其他照片都见证了他们与世无争的美好生活,而此时在他们周围,立陶宛正被夹在斯大林的苏联和希特勒的德国之间。我母亲爱莲娜还有一张她在波尼威治祖屋的花园里拍的照片,是她自己一个人照的。只有四岁的她啃着一个大苹果。虽然照片是黑白的,但母亲清楚记得当时她穿的裙子是淡绿的颜色,跟苹果的颜色放在一起很好看。

---

① 立陶宛亲戚对爱莲娜的爱称。

爱莲娜

在另外一张照片上，全家人都到齐了。金达和玛莎的母亲，我的曾外祖母，穿着一件宽松的白色连衣裙，从照片上隐约可以看到袖子和下摆上的刺绣，她还穿了一件长开衫用来保暖。外祖母金达，她的姐妹瑞雅和玛莎也穿着这种舒适的连衣裙。素色、简洁、胸前开着V字领，这在三十年代十分流行。瑞雅头戴着一顶贝雷帽，玛莎和金达留着及颈的发髻。爱莲娜偎依在她外祖母的怀里，好奇又温柔地望向拍照的人（估计那是他父亲）。一切看上去都很好。

一九三六年八月二十日，金达一家启程回巴黎，瑞雅和玛莎一直把他们送到科夫诺车站。在站台上，金达和辛卡央求她们说："来法国吧，不然就晚了。"大家都笑辛卡太悲观。而他们则是被幻想蒙蔽着看不清现实。作为一个独立国家的公民，他们以为自己融入了这个国家，但其实他们生活在这个社会的边缘。犹太人得到的为数不多的自主权一点点被侵蚀了。他们生活在一个仅仅是容忍他们的国度，再无更多。在这里不谈论屠杀犹太人，但不管是大学入学或是从事某些职业都对犹太人设定限额。他们有自己的社区，只在他们之间互相来往。

他们还没有听到过卡夫卡小说《城堡》里犹太主人公遭受的粗鲁叱喝：

"你不属于这个城堡，也不属于这个城镇，你什么也不是。"

爱莲娜的生活就这样被打上了烙印,被莎乐美的去世,被瑞雅和玛莎姨妈的幸存,被她在战时的遭遇以及她父母经历的恐惧和羞辱打上了烙印。

爱莲娜属于"战争前和战争中"的一代,她被圈在了那里。她非常孤独。关于她的遭遇,她只敢告诉孩子们一个和面包片有关的经历。那次她不得已吃了一片黑面包,上面只加了一小点果酱。她还是笑着向我们承认自己在过检查的时候吐在了一个德国官员上好的皮靴上。官员把靴子擦干净,检查了他们的伪造护照,然后允许她和父母辛卡和金达还有她的弟弟皮埃尔到南方去了。这是她能向我们袒露的全部。她不提莎乐美,不提小卡尔曼,不提瑞雅和玛莎,不提这些压在她母亲和姨妈心头的负担。这场战争被缩略成了一片面包的故事。当我小时候听她讲起时,很讨厌别人让我母亲吞下这么糟糕的面包。爱莲娜永远不会讲出她最终明白了的事情。她一想到她自己也会被人指责就感到害怕。爱莲娜长得非常美,她脸颊饱满,鼻子小巧,皮肤是小麦色的,面带光泽。她身上的一切都很精致。她是斯拉夫式的美人,绿色的眼睛闪耀着金色,使人赞叹。她吸茨冈牌香烟,不用过滤嘴,而是用手指摘去沾在唇边的烟叶，她从不吃葡萄皮，她从事残疾儿童护理工作，她旅行，做讲座。我陪她去塞夫尔街上的玛丽·马丁娜成衣店，去上乘的阿尔尼高级定制服装店，去弗朗索瓦·维庸店，这些都是七十年代别致的店铺。母亲会穿紫色的丝质上衣，红色压花的靴子，我觉得自己已经被她比下去了。她收集米索尼的披肩和毛衫，用"蓝色时光"那款娇兰香水，唇上抹砖红色的口红。我从不怀疑她对我的爱。上午她起得很早，然后她从房间中快步走出来，化好了妆，穿着丝质长袖短上衣。她捏捏我的后背把我叫醒，她太忙，没有时间钻到我的被窝里挨着我躺一会。在她的床头桌上放着巴什维斯·辛格[①]和菲利普·罗斯[②]的小说和一只茶杯，抽屉里放着镇定安眠药和抗焦虑药。

我的母亲，美丽的爱莲娜，阅读外国文学，俄国的，美国的，英国的，她对彻彻底底是法国的东西抱怀疑态度，就连服装和食品也是。"一件迪奥的连衣裙会有反犹的意味，更别提卡芒贝尔奶酪了。"她认真地肯定道。她对我说，做犹太人就是要心存恐惧。我笑母亲，她所有的朋友都是犹太人，她有什么好担心的，她解释说：

"谁也不知道什么人什么事能透出反犹主义的意味。"

"但是，妈，我们住在巴黎，我不认识谁是反犹的。"
我无法理解她。她来自一个我不了解的世界。

---

[①] 美国籍犹太作家，短篇小说家，用意第绪语写作，1978年诺贝尔文学奖得主。
[②] 美国当代著名小说家。

我又说:"在学校,做犹太人很受欢迎。"

她被逗笑了。听到我新朋友的姓氏,又发现这是个犹太姓氏,她也会笑。

"我要去纪尧姆·特雷韦斯家参加舞会。"

"这可是个犹太姓。"

"埃里克·布兰切特请我去看电影。"

"战前他家姓布兰伯格。"

"那亚历山大·马丁,他可真不是犹太人。"

"才不是呢,他祖母是犹太人,叫罗桑。"

这个发现又让她笑了,也让她暂时放下心来。

有时从她的声音里可以听出她的焦虑,一想到可能有什么坏事发生,她的声调会变尖,但她什么也不说就恢复过来。轻声呼唤孩子的小名,亲吻,抱在怀里,讲故事,充满活力,这些她做不来,她无法承认她会爱。她不说俄语,记不起她的母亲还有姨妈瑞雅和玛莎给她起的昵称。那是战前的事情。而所有的一切,温情、爱、喜悦,都随战争一起消失了。她做她能做到的,孩子们洗漱好了,穿上了暖和的小船牌睡衣。他们是安全的,健康的。她确信孩子们得到了最重要的东西。我们不是真正的法国人,我们是犹太人,爱莲娜知道了莎乐美的事情,如果其他人(这里包括爱莲娜的孩子、丈夫、朋友、邻居和警察)也不幸知道了,他们一定会颇有微词。

艾琳是我儿时的伙伴,她向我坦白说:"我更喜欢你母亲那样的母亲。"艾琳的母亲在战争中失去了父母，她藏在一户人家里像小奴隶一样被使唤。"她父母被人带走，她因此变得疯狂、抑郁。当我放学回家时，我不知道会看到什么状态的她，是歇斯底里，是高兴，还是把自己关在房间里不出来。她时时刻刻只讲这些，说她那时吃不饱，从没收到过礼物，从没人在睡前给她讲故事，永远只有恐惧、寒冷、肮脏和饥饿。后来，她不再讲了，她从此保持沉默，睡得很少，履行她做母亲的职责，变成了一个活死人。到十几岁的时候，我冒险问了她一个问题。她什么也想不起来。不用再费劲说，说了也没有用。"

"她不是个好母亲，我没得选，我应该原谅她，毕竟她有个好理由。"艾琳反复跟我说，"我真想有个你母亲那样的母亲，她那么平静、美丽、优雅。当我们到巴黎度假时她招待我们，跟我们平等地说话，问我们问题。"我有权利说跟她相反的话吗？我不记得爱莲娜把我抱在怀里过，不记得她有说过她爱我。她也不说她在痛苦之中是如此孤独。

爱莲娜要么沉默不语，要么就睡觉。为了躲避她的世界的悲伤，她早早就躺下。晚上如果不累的话，她会在睡前来我的小床边拥抱我。我不可能再要求更多了，不管是充满爱意的抚摸还是亲吻，因为在爱莲娜的世界里爱永远地被埋葬了。

在科夫诺的犹太隔离区，在爱沙尼亚和德国的集中营，莎乐美的去世，她是如何去世的，瑞雅和玛莎的生活和生还，幸存者的沉默。在爱莲娜的生活中，痛苦无边无际。

为了能够讲出战争中发生的事情，最重要的部分被隐去了，只留下十分细微的痕迹。爱莲娜承认战争牵扯到她，但是以一种泛泛的抽象的方式。对，她和德国之间有着世代相传的严重问题，因为纳粹杀死了六百万犹太人。但这些人是谁？叫什么？家里面有谁和这些人一样去世了？一九七八年我父亲买了一辆宝马轿车，爱莲娜表现得很生气，可买了宝马车两个星期之后，家里又多了一个不能谈的事情，爱莲娜在达蒂电器买了一台德国博朗牌榨汁机。她喜欢这么个笑话："现在想到德国去是要花钱买火车票了。"我不敢告诉母亲，我飞往雅典的航班中途要在慕尼黑转机，这对她来说是一种背叛。

我十四岁读了阿兰·芬克尔克霍特的《想象的犹太人》。我明白，我没吃过苦头，没有被藏起来，没有被迫跟父母分开，没有被驱逐，我的头上没有受难者的光环。我和阿兰·芬克尔克霍特不一样，他的父母被关入了集中营，他是波兰犹太人的孩子。他说："我少年时很长时间都在利用死去的人，我毫不羞愧地将自己和他们合为一体，贪婪地将他们的命运归为己用……我要以坚持和明智的方式在源头去寻找对我紧闭大门的重要事件。"我不太懂这本书，毕竟我才十四岁，我真正想知道的是，和男生睡觉会发生什么？会很疼吗？我还希望在圣诞节的时候收到一条紧身牛仔裤和一双牛仔靴。我去问了父母，他们同意买牛仔裤，但不是特别紧的那种，牛仔靴就没戏了。我不会询问父母以前的生活。除了爱莲娜在修道院吃黑面包这件事之外，别的我们什么也不会谈。爱莲娜的舅舅、姨妈、表妹表弟被关入了集中营，哪儿的集中营？怎么被关进去的？母亲对我说，不谈让人生气的那些事。直到我成年，做母亲了，她才第一次跟我提起她的表妹莎乐美。母亲显得很尴尬，好像她向我袒露出了埋葬她所有柔情的深渊。而我却既不能理解也无法触及它。

我记得还有一次我试图强行了解那些没有发生在我身上的事情。我从金达那里偷了瓦尔兰姆·沙拉莫夫的《科雷马故事集》，毛里斯·纳多出版社曾出过一个精简版。我从书里读到了在苏联强制收容所的人忍受寒冷、劳役和羞辱，但我是战争结束很久之后在巴黎出生的，我看书的时候暖和得很，我穿着一件卡莎尔牌的提花套头毛衣，粉棕相间很讨我喜欢。我和这段历史没什么关系。我肚子疼，身上好像压了千斤重的东西，我犯了一个不可原谅的错误自己却没发现。

让是我的一个朋友。圣诞节的时候他们家桌子边围着坐了二十三个人，但是所有家人还没到全。一些人因为旧事怄气不来，一些年轻的表亲出门旅行了，他们家的亲戚好像数也数不完。家里的分支、关联、后代使他晕头转向，单说母亲那边的表亲，让的妈妈就有七个兄弟姐妹，除了她最小的弟弟一直单身外每个人都有四五个孩子。有的亲戚让不怎么认识，他觉得很可惜。"亲戚多的好处就是：和其中一个闹别扭了，总还有一个我们觉得不错的。"让从不孤独。他有亲戚，有回忆，有祖辈。当他偶然知道又有几个表亲的时候，他说："这回我们就永远联系在一起了。"而我很嫉妒他这一点，我无依无靠在法国飘荡。我数了数：我有两个孩子，一个前夫，一个姐姐，一个弟弟，一个舅舅，一个表哥和一个表姐，别的人都去哪儿了？没有别的孩子出生，因为他们的父母太早去世了，其他幸存的人都去了以色列和美国。我们亲戚很少，虽然所有这些人都无牵无挂，却都有着同一种恐惧。焦虑、内疚、胡思乱想、紧张到恶心想吐，我们知道自己就是这个样子。我们在自己的国家里惴惴不安。在今天，我们心中的痛苦又有多少呢？在爱莲娜的心里，痛苦是巨大的。

在爱莲娜所有的孩子，金达所有的孙辈中，她是最贪玩最喜欢享受生活的那个女孩儿，她享受阳光、大海、美食、高档酒店、热水浴，她远离痛苦和忧伤，一会儿和这个恋爱一会儿和那个恋爱，但奇怪的是，偏偏是她不经意间开始问起了这些严肃的问题。

我的舅舅皮埃尔是金达最小的儿子，一九三七年出生，他现在是个作家。

战争之后我外祖父母把他们的姓氏改成了法国人的样子。阿帕彻夫斯基变成了帕彻。皮埃尔·帕彻写了一本书叫《我父亲的自传》，主人公是我的外祖父辛卡，他当初尽力劝瑞雅和玛莎趁战争还没开始带着家人到法国来。一九四〇年的时候辛卡拒绝到警察局做犹太人登记，他还在战后帮助妻子金达寻找失散的姐妹。

皮埃尔很英俊，他有着蓝色的眼睛和灰色的头发。他可以做到既尖酸又慷慨。

今年夏天的时候，我和皮埃尔在蒙巴纳斯大街菁英咖啡厅[①]的露天咖啡座上聊天，讲到女孩儿们穿的高跟鞋时，舅舅说他喜欢脚腕处绑带的款式，我则喜欢平底舒适的女鞋。舅舅把一本伊利亚·爱伦堡和瓦西里·格罗斯曼整理材料和证词的《黑皮书》借给了我。

他给我讲他知道的关于莎乐美、卡尔曼、瑞雅和玛莎的一切。

而他的母亲什么也不跟他说。

---

① 巴黎左岸一家高档咖啡厅。

"但我却黏上了她,大家都笑话我。"

金达听着儿子在法国文化广播电台做的栏目,她人在现在的生活里,一九四五年以前的过去不复存在了。她就这样把我母亲爱莲娜和舅舅皮埃尔养大。一九四五年皮埃尔八岁,关于去世的人和幸存的人他父母什么也没对他说。

"我唯一一次看到母亲哭,是她得到她姐姐瑞雅去世的消息的时候。她那时打着电话,哽咽着。你也知道,她不是在人前哭的那种人,她就连抱怨也不愿意。"

"跟所有犹太孩子一样,不用谁告诉我,我就知道了。十来岁的时候,我读了大卫·鲁塞写灭绝营的《我们死亡的日子》。我明白了我家族的命运。唯一一次我母亲金达具体跟我讲战争的事儿,是她去一个罗马尼亚籍女友家喝茶那天,她不让我跟着她去。回来的时候,她告诉我:'这个朋友生过一个男孩儿,不过在战争中死了,他跟你一个年纪。'"

好几次皮埃尔试图问金达。

十五六年前,皮埃尔应邀到立陶宛参加大学论坛,他借机参观了波尼威治,金达长大的城市。皮埃尔发现有一家书店招牌战前就有了。回到法国之后,他给金达讲他的立陶宛之旅,想勾起她的话头。他问金达:"你一定知道在波尼威治的这家书店吧?"

金达回答:"记不起来了。"

皮埃尔坚持继续问,金达说:"这些都和我无关。"然后她就生起气来。

"我们不去这家书店。这是立陶宛人的书店。犹太人去犹太人的书店,立陶宛人去他们的店,俄国人去另外一个地儿。"

她重复道:"这些都和我无关。"

皮埃尔借我的爱伦堡和格罗斯曼的《黑皮书》里有一段,讲那些犹太母亲和孩子是怎样被杀害的。

"立陶宛犹太人被集中到维尔纽斯和科夫诺两个犹太隔离区。有一些关于母亲和儿童的记述:一名母亲给她两岁的儿子低声唱歌:'噜哩,噜哩,我的宝贝,噜哩,噜哩,我的小小鸟。'他们娘俩已经在坑里,等着从远到近的子弹轮到他们头上。一个母亲被抢走了孩子,士兵对她说,过来看我们怎么杀孩子。他让她看她孩子的尸体。他们杀死母亲给孩子看或是杀死孩子给母亲看,想看看哪个会更残忍些。他们等着听最撕心裂肺的痛哭然后继续杀戮。"

一九四一年八月,瑞雅夫妇、玛莎夫妇带着孩子莎乐美和卡尔曼,和弟弟纳胡姆以及我的曾外祖母玛丽聚在了犹太隔离区。纳粹军队开入了立陶宛。德国士兵的到来让立陶宛人松了一口气,对他们来说这意味着从一九四〇年开始的苏联占领结束了。但对立陶宛的犹太人而言则意味着反犹清洗的开始,所有犹太人被迫集中到封闭的社区,出入、食物、燃料供给都受限制,直到一九四一年十月,第一波筛选开始,等待他们的是死亡的子弹。

晚些时候，我们换了家咖啡厅一起吃饭。皮埃尔向我要建议，说他在追一个小他很多的女孩儿。我鼓励他说：

"她肯定也对你感兴趣，不然就不会回你短信了。"

一九三九年我外祖母金达的包被人偷了，她到巴黎第八区的派出所报案。一周之后所长打电话给她。她带金色配件的黑皮包找回来了。我外祖母带上一瓶上好的波尔多红酒去答谢所长。一瓶一九三二年的拉图。

皮埃尔的父亲辛卡人称"悲观者辛卡"，在他精致的眼镜后面是一副瘦长的脸颊。从他柔弱的外表完全看不出他在政治和思想上的果敢。一九四〇年十月，犹太家庭被要求到派出所去登记，争论很久之后，朋友圈里只有少数人没去申报，辛卡是其中一个。他的朋友们不同意他的做法，他们觉得应该顺从而不是惹眼。辛卡悲观又明智，他以个人名义躲过了第一波反犹政策。辛卡从一九二五年就是在职医生，他保住了国籍，可以继续从事工作，但他的朋友中有多少人被从岗位上赶走，失去了国籍甚至遭到拘留？这些被排斥的熟人的恐惧也成了辛卡的恐惧。

一九四二年五月五日清早，在弗里德兰街金达和辛卡一家四口住的公寓里，电话响了。是巴黎八区派出所所长打来的。"你们应该尽快离开巴黎，有好多针对你们的检举信。"于是我外祖父母假装吵架不和。金达对门房抱怨说："我丈夫离开我了。"

实际上,她的丈夫到圣埃蒂安找了一个住处和一份工作,去一家牙科诊所当助理。一九四一年辛卡失去了行医权利,金达带着十岁的爱莲娜和五岁的皮埃尔先坐火车再坐汽车,由一个引渡者帮忙趁晚上穿过了边界。我舅舅皮埃尔并不害怕,他觉得是在探险。后来皮埃尔不记得具体什么时候,他和爱莲娜被安排到了一个宗教机构里。修道院的女院长向上级里昂主教请求允许藏起犹太儿童,主教回答说:"这是应该的。"

皮埃尔只在那儿待了一天,因为他拒绝吃饭。金达便回来领他。爱莲娜住了好几个月。她又冷又饿,没有朋友,她怕再也见不到父母,怕死,怕被抛弃。她不知道死掉或者无父无母地活下去,哪个更糟糕。

那时她已经两年没有过莎乐美的消息了。她观察在修道院生活的其他女孩儿,有些也是犹太人,她猜那些和她一样面带恐惧的就是。女院长觉得自己还应该拯救爱莲娜的灵魂,试图让她改信天主教。爱莲娜拒绝了,她不想改宗,她不觉得洗礼能拯救她作为犹太人的灵魂。爱莲娜抗拒修女们,她并不心存感激。战后过去很久之后,她对一切和天主教堂有关的东西都表现出某种让人无法理解的厌恶。在西西里岛的锡拉库扎时,她也参观不了教堂,里面安息香的味道让她恶心。她从没跟我提过那座让她躲过集中营的教堂叫什么名字。战争最后几年她是和父母、弟弟一起躲在离克莱蒙费朗车站不远的一套小公寓里度过的。爱莲娜看着父亲忍辱度日。辛卡给一名牙医做助理，能拿到一点钱勉强维持家人生活。整整四年，金达、辛卡、爱莲娜和皮埃尔全家人躲过了举报和突然搜捕。那位牙医在雇用、剥削辛卡的同时反过来也救了他。在巴黎光复之后，牙医因为与纳粹合作遭到了调查，想要辛卡给他写份证明。辛卡拒绝了。他的悲观有太多的时候是对的。一九四五年，金达和辛卡回到弗里德兰街上，敲响了他们公寓的门，一个陌生人开门对他们说："我们打赢了仗，不是为了把我们的房子让给犹太人。"金达和辛卡告到法庭上，他们后来打赢官司却搬去了维琪生活。这个选择看似奇怪，但这座温泉小城在战后迎来了很多逃离东欧的犹太人。"你外公该歇歇了。"金达是这样说的。辛卡在这儿开了家诊所。他悲观，但他在政治、思想领域却倾向左派，这让他很纠结。战争结束并没给人们太多安慰。瑞雅、玛莎、纳胡姆幸存下来，其他人去世了。

一九四七年瑞雅和玛莎到法国看望金达和辛卡。大人们之间用俄语和意第绪语讲话，皮埃尔和爱莲娜是家里第一代没学过意第绪语的，他们听不懂大人们的话。

那时皮埃尔十岁，他最喜欢玛莎姨妈，她是如此慷慨。而瑞雅则更让人同情。皮埃尔特别喜欢听她们俩的爱情故事，直到现在也一样。战争结束后，她们两个都恋爱了。玛莎和大卫，瑞雅和埃利。

一九四七年,爱莲娜十五岁。她嫌自己太胖,脸上还长痘,女校的生活让她厌烦。金达一点也没跟她讲外祖母玛丽还有莎乐美和卡尔曼的事。他们去世了,别的没什么好说的。金达也没跟她讲姨妈瑞雅、玛莎和舅舅纳胡姆的遭遇以及他们背负的重担。而爱莲娜经历的,恐惧、过关卡、受侮辱、在修道院藏身,大家也闭口不谈。没什么大不了的,她还活着,她父母、弟弟也都活着,她还想要什么呢?

她明白这一点。她无权抱怨,不能发脾气,不可以任性,也不应该胡搅蛮缠。她必须是完美的,她应该对过去的事闭口不提,应该刻苦学习。瑞雅和玛莎亲吻她,抚摸她,对她喜欢得不得了,好像和战前一样,她还是那个让人看了就高兴的小姑娘。但爱莲娜却已经不习惯被人疼爱,不习惯这种甜言蜜语了。大人们觉得这是青春期的原因。爱莲娜十五岁,只有一条裙子和一件套头衫,她认为打扮是不对的。自己已经拥有最重要的东西了,怎么能够要求更多的呢?

她还活着。她羡慕瑞雅和玛莎有她无法达到的优雅。虽然处于青春期的爱莲娜麻烦缠身,她却认定自己这些烦恼实在算不得什么。十八岁那年她要参加高中毕业考试,考前一天她父亲对她说:"要是你之前再用功点儿,本来还可以考过的。"出成绩的时候,辛卡硬是对爱莲娜说:"这是你运气好,不是你太聪明。"爱莲娜笑着重复父亲这句话，她知道这是父亲爱她的表现。辛卡给爱莲娜到佳乐尔女鞋店买了一双芭蕾便鞋。一开始爱莲娜特别开心，后来就觉得自己没用、可笑、愧疚甚至愚蠢。想要穿双漂亮鞋子，她怎么能有这么自私的要求呢？她的表妹莎乐美、表弟卡尔曼去世了，什么也没留下。爱莲娜或许会希望有格纹裙子、弹力腰带，希望去跳舞，恋爱，拥有精彩的生活。但瑞雅和玛莎的遭遇以及她隐约猜到的事情让她感到享乐是被禁止的。爱莲娜身上的一切都很精致，不管是鼻子、耳朵、手腕还是脚踝。她这一点是从她父亲辛卡那儿继承来的。

相对来说金达更圆润，她有着蓝色的眼睛。金达并不漂亮，但她最聪明、最独立。金达温柔而执着，没有人能对她说不。

一家人里最让人着迷的是金达的姐姐瑞雅。她用钢琴弹奏巴赫的意大利协奏曲，给人讲战前她和第一任丈夫的蜜月旅行，他们住进罗马的英格兰酒店，铺埃及棉的床单，在花园里喝冰咖啡，瑞雅还在威尼托街一家裁缝店做了一件紫色亚麻上衣。瑞雅的双手修长而白皙，她在右腕上戴一只小金表作为唯一的装饰。瑞雅常常笑，甚至战争过后她也会笑。她似乎不是装出来的，因为她的笑和她的哭有着同样的声调。她感情丰富，温柔，非常爱她的第二任丈夫埃利。她在自己身上肩负起女儿莎乐美夭折的生命。瑞雅抱着她幻想中的女儿，像她还在的时候一样跟她说话，由此躲避现实。她始终为女儿的存在感到赞叹。她知道，如果她不能继续让自己相信女儿就在她身边,她就会垮掉。

玛莎是姐妹中最坚强、最慷慨、最受大家喜爱的,尽管姐妹三个都慷慨、好心、让人喜爱。所有人都想做玛莎的朋友。她总觉得欠这个熙熙攘攘的世界一笔还不清的债。她喜欢付出和付账。大家笑玛莎总是第一个交账单,还担心自己交得不够多。人们不愿离开她,她总是听你讲话,给你建议,叫你放心。通常她都是对的。那些有幸在她身边、成为她朋友的人谈起她都很开心。如果你有什么烦心事,玛莎肯定会帮你。而她却不许别人为她担心。

"你应该去耶路撒冷问问吉拉,她是玛莎姨妈的女儿。我猜玛莎鼓起勇气把一切都告诉了她。"皮埃尔向我建议说。然后我们两个就聊起男人女人之间的事儿来,这总是让人很头疼。

我不会去看吉拉,因为今年夏天我更想去希腊,我是个懒人。别人反驳说:"懒惰不是麻木的借口。"

我躺在泳池边的躺椅上,读娜丁·弗雷斯科的《犹太人之死》。我尽力藏起书名,怕泡泳池的人猜测到我可笑的处境。一个女孩儿在这家奢侈酒店的花园里,穿着红色比基尼,脚上裹着名牌毛巾,手机塞满了暧昧短信,她居然以为自己可以读懂《犹太人之死》。这本书的作者把弗拉基米尔·扬科列维奇的"忠实与严肃,二者居其一即可"作为座右铭,而我既不忠实也不严肃。我想藏起书的标题,因为我怕在酒店里招人白眼。什么,这个女孩儿是犹太人?怎么,她不觉得有太多写犹太大屠杀的书了么,不觉得人们谈得太多了么,"犹太人之死",她还要成心拿这本名字煞风景的书来刺激我们。娜丁·弗雷斯科引用了派到立陶宛的特别行动队队长的报告。里面详细记录了一九四一年七月二日到十二月一日之间每一天被处决的犹太人人数。"一九四一年七月二十八日于约尼什基斯,四十七名犹太男子,一百六十五名犹太女子,一百四十三名犹太儿童。"一共十三万七千三百四十六人被处死,于是别动队队长总结说:"今天我可以确定别动队已经解决了立陶宛犹太人的问题。除了在服苦役的犹太人和他们的家人之外，立陶宛再没犹太人了。"

娜丁·弗雷斯科细细描述了照片里一个小女孩儿的脸。这张照片是现在仅存的记录流动屠杀分队在爱沙尼亚屠杀犹太人的几张照片之一。画面中小女孩儿把脸转过去，不看她对面的刽子手。娜丁·弗雷斯科写道："在那一瞬，她不能因为她好奇的目光，免于被杀的命运吗？"莎乐美是我母亲的表妹，在一九三六年或是一九三七年出生，我不大清楚。我看着自己的女儿莎乐美，她生气勃勃，她每天早上醒来，就像奇迹一样。每晚她都会哭。

德占期间反犹法令受害者赔偿委员会打来了一个电话："您的外祖母金达在二〇〇〇年为被强占的弗里德兰街24号公寓提出赔偿申请，并得到了赔款。经委员会通过，我们决定对您发放另一笔赔偿金，因为您的外祖父辛卡·帕彻在战争中失去了医生工作。而您的外祖母和母亲已经去世，将由您收到一千五百欧元的赔偿金。"

就这样，我会收到一千五百欧元作为补偿，我没有穿过边界线，却可以等着看自己因此得到补偿，这公平吗？我凭什么被补偿呢？

我跟朋友劳伦斯说了这件事，他劝我：

"把钱收下，但是，千万别跟任何人说起赔偿这件事。如果人们知道这个委员会的几百万是来赔偿犹太人的，可能会引起反犹运动。电视上播《犹太大屠杀》时我婆婆叹息说：'这个连续剧真是可怕，对犹太人来说就是个灾难，人们越少谈起我们，我们反倒活得更好。'"

　　意第绪词我认得四个："高伊"，不是犹太人的人；"施莫克"，傻子；"施乐普"，拖带；"史克斯"，金发外族女人。我叫女儿普皮，在意第绪语里的意思是玩具娃娃，叫儿子布比，意思是我的小宝贝。我身上有什么地方是犹太的？我喜欢鲱鱼和醋渍小黄瓜。我容易害怕，时时刻刻担心孩子们出事，虽然我不够虔诚，但每天晚上我都祈祷着入睡，怜悯我，让孩子们平平安安的。要是他们出了什么事，我就活不成了。我为一些莫名其妙的小事害怕。我看维多里奥·狄西嘉《偷自行车的人》的时候也会害怕，我徒劳地希望最后小偷别被抓到，但每次他都会被追上。我害怕 W 爱我没有我爱他多。我害怕他发现我们在街上偶然碰到时，我抖得很厉害，我害怕错过火车。每次出发前一夜我都每两小时醒一次，车在站里停的时间稍长一点儿我就紧张得肚子疼。我总是提前一小时到，焦虑得不停地看发车时刻表，还没广播我那趟车？还是到得太迟，不能上车了？这是典型的犹太式神经紧张吗？一个出租车司机见我每五分钟看一次表，问我："您是犹太人？只有犹太人才会提前一小时到车站。"要是这一趟车走了，还有下一趟带我走吗？如果我有一个孩子去世了，我还有勇气为另一个继续活下去吗？

我婚礼前一天，我未婚夫的祖母挽起我的手臂，她是俄国人，出生在中国哈尔滨，他家是白俄贵族。哈尔滨是个犹太人众多的贸易城市。

我们在她普罗旺斯的大别墅里，这里自二战以来接待过反抗人士、共产党人、工商业者，她丈夫是解放巴黎组织的一员，还曾卖飞机发动机给苏联人和中国人。她告诉我："你知道吗，我很高兴我的孙子娶了个犹太姑娘做新娘，我有很多犹太朋友。"

当这位老人还是孩子的时候，她每年只能在复活节那天亲吻她的母亲，而且是吻在手上。她母亲对她说，为了让平民高兴，要时不时杀些犹太人。犹太人把钱都赚走了。

而我未婚夫问金达："您外孙女嫁了一个'高伊'，您不觉得别扭吧？"金达回答说："其实我确实更愿意她嫁给我们犹太人。"然后她抱歉道："真是不好意思，我根本不该跟你说这个。"

第二年夏天，我邀请外祖母和母亲到普罗旺斯的别墅里住几天。晚上大家一起喝茶，里面的大椴树叶是我婆婆亲手晾干的。她问了问我外祖母有关战争和她家人的事，"你们那时怎么样呢？"我在厨房，听不着什么，我母亲过来找我，她很生气。"她怎么能问得出口呢？"

我不明白我母亲的愤怒，为什么讲起这件事这么难呢？

人们在电视连续剧、纪录片里大谈特谈，为什么这个夏天晚上就不能谈呢？

然而，我自己从来不敢跟外祖母、母亲提瑞雅、玛莎和我现在知道了的莎乐美，可能我太轻浮，太爱笑，不会倾听也不能理解。

然而，十年之后，这一天终于到来，我会知道真相，会倾听，不会有成见，我会认同，会高兴自己知道了，我会安心，我不会再害怕，我也可以抱怨，可以胡搅蛮缠，我能够倾听母亲和外祖母的痛苦，可以告诉她们：瑞雅和玛莎选择活下去，她们是对的，应该像她们一样，忘掉耻辱和罪恶。但在知道莎乐美·伯恩斯坦、她表弟卡尔曼·布隆伯格，以及她们母亲瑞雅·伯恩斯坦、玛莎·布隆伯格的故事之前，我兜兜转转过了十年。

我不知道要把故事写出来，应该从哪儿入手。去波尼威治？我外祖母和她姐姐瑞雅、玛莎还有弟弟纳胡姆都出生在这个小镇。皮埃尔给了我一张波尼威治一九三〇年年报的复印件，还在上面画出了我曾外祖父母的姓氏，格里索维西斯；他们的住址，拉米加拉街3号；还有他们的电话号码。报纸上还有些广告，一个是范·豪顿可可粉，另一个是哈雷摩托经销商。

我可以去科夫诺，那儿的街道勾勒着曾经犹太隔离区的轮廓，一九四一年，他们全家被迫搬了进去。

我买了一本《孤独星球》波罗的海地区的指南。

波尼威治被称作立陶宛的芝加哥，那里犯罪率很高，黑手党活动频繁。金达父母的房子在主广场旁边，苏占期是当地共产党总部。指南手册是这样描述的："夏天树木茂盛怡人，但其他季节尽显悲伤。广场周围略有几个店铺和咖啡馆。""波尼威治远不是旅游胜地。除了从维尔纽斯-里加火车下来休息的乘客之外几乎没人来这儿。""波尼威治酒店，这家苏联时期的可怕建筑很长时间里是市中心唯一的酒店。深浅不一的褐色是这座十三层混凝土大楼的主色调。""科夫诺最出名的是它过度扩张的居民区和后苏联时期的黑手党窝点。"而且作者还说:"酒店食物很差。"不过还可以参观植物园和第九堡垒——"立陶宛历史最黑暗一页的见证。"

我肯定不去波尼威治,也不去科夫诺。我有一个好理由:太危险了。今年夏天我更愿意去希腊小岛帕托莫斯,但不知道跟谁去,这是我唯一的烦恼。到了帕托莫斯之后,早上三点我就醒了,肚子堵得慌,我觉得我再也不会恋爱了。我儿子调侃我说:"你什么时候去立陶宛呀?"他向我担保说维尔纽斯是他最喜欢的几个足球俱乐部之一,我呢只好笑着回答说:"好吧,总有一天我会去的。"我在骗他,我一点儿也不想去立陶宛。我对立陶宛一点兴趣也没有,立陶宛这个地方、在那儿发生的事跟我没半点关系。我女儿莎乐美每天晚上都哭。当女儿挨着我躺下时,我会恐慌:这是最后一次吗?她就要死了,除了一起死我也没有别的选择。我亲得她透不过气来,她以为我是和她闹着玩儿,她不知道我是她的刽子手,不知道我诅咒我自己。

当孩子们在杜伊勒里花园坐旋转木马时,他们的木马一离开我的视线我就惊慌失措,他们会不会消失了?

木马怎么转得这么慢,怎么还不转回来?

他们是不是不会再出现了?他们刚才还笑着坐在马上。

每次放学第一个出来的不是莎乐美的时候,每次我睡前去吻她的时候,我总会害怕。难道不该要第三个孩子了吗?这样我就又多了一个活下去的理由。

一天周日，儿子在厨房对我说："我长大了要当个历史学家。"到了下午，他问我能不能帮他找一个关于二战犹太人流放的纪录片。这时莎乐美说："我还不确定，妈妈你能给我点儿意见吗？我不知道想当兽医还是当理发师。"我笑了，想起一个关于理发师的笑话，是十岁那年父亲讲给我的："把犹太人和理发师都杀了，就一切都好了。"我当时不懂，反问："杀理发师干什么？"莎乐美叫道："你怎么总是拿我开心？"她跑出厨房，"砰"一声关上了门。我和她哥哥像往常一样笑着追上她，给她赔不是。"你太可爱了，看见你就忍不住想笑。"然后我们三个一起回到厨房。莎乐美吃完了她的桃子，桃汁沾了一脸，大家又和好了。然后我们便谈起了严肃的话题，莎乐美问我："你为什么没男朋友呢？"她哥哥插话道："你可以努努力。"

瑞雅和玛莎从来不提她们去世的孩子莎乐美和卡尔曼，但她们却时时刻刻想着他们。

卡尔曼是玛莎的孩子，战争刚爆发时出生，他特别结实，人人都为他着迷。玛莎和她丈夫叫他布比，意思是我的小宝贝。他一岁生日那天学会了走路，两岁时还没长出头发，也不会说话。在犹太隔离区里，谈起养孩子的苦恼对玛莎来说几乎是种享受。大家会为一点小事担心。卡尔曼还没打奶嗝，还没拉臭臭，好像现实中的麻烦并不比这些严重。直到最后玛莎给卡尔曼喂母乳。他的小牙咬得她生疼。而现在玛莎付出什么才能再体验这种幸福的疼痛呢？在犹太隔离区里，每人每天有二百克面包，成人每十五天有二百克马肉。在黑市里能搞到更多东西。集中营出入都有人检查，玛莎的丈夫尤利用手拿着帽子，里面藏上面粉、黄油甚至几个土豆，有规定要求居民进出隔离区都要举起胳膊脱掉帽子。所以要把帽子放在一边。尤利就是这样把"带馅儿"帽子带回家的。现在这成了他们之间的笑话："今天我们要吃一顿大馅儿帽子"。

他们住的地方没有暖气和自来水。玛莎编了好些故事哄她的儿子："唔唔，我们住在山洞里，不过放心，爸爸妈妈在这儿，会赶走大坏熊的。"在十八个月里，犹太隔离区的生活让人们暂时缓了一口气。卡尔曼开口说话了，他最先说出的词是：爸爸，妈妈，唔唔，大坏熊。卡尔曼长到三岁时，她母亲和姨妈给他办了一场真正的，也是最后一次的生日会。之后卡尔曼被从玛莎和尤利身边带走了，再后来玛莎和尤利也被分开了。被放出来后，玛莎横穿德国回到立陶宛，想找回儿子卡尔曼和她深爱的丈夫。

玛莎给妹妹金达写信说："我们面前一片迷茫，但重要的是，如果他们还活着就好了，那样我会耐心地等他们，等多久都愿意。你还记得带爱莲娜来山上度假那次吗？她头发上系着白发带，坐在床沿上，我们一起玩皮球，那些日子真好。"她坚信那样的日子会回来的。玛莎很高兴外甥女爱莲娜和外甥皮埃尔给她写了信。"我们收到你们的信了，一整天我们都在读。没有什么比收到孩子写的一封信更让人幸福了。爱莲娜写得非常用心，透过信我能看到她美好的心灵，我真想好好抱抱她。而皮埃尔的信让我们很开心，把我们都逗笑了。"她信上这么写，但她知道卡尔曼和尤利不会回来了。她用俄语低声唤亲人的小名。她给妹妹金达写信是用的俄语，"我的亲爱的金达"，她用俄语写道。当她儿子卡尔曼出生时，她曾向人说："只有他能让我发疯。"

但是，战争过后，她是怎样让自己保持理智的呢？因为她明白自己有另外一个活着的理由，为活着的人付出。她确信她爱的人比她更痛苦。一九四五年她和瑞雅在德国高廷住了几个月，她千方百计在当地黑市给瑞雅买了一顶贝雷帽。她妹妹瑞雅特别喜欢这顶"特别法式"的帽子。玛莎不再关心自己的生活,对她来说别人才是重要的。

一九四五年，金达已经五年没有过家人的消息了，姐妹玛莎和瑞雅，弟弟纳胡姆，外甥女莎乐美，外甥卡尔曼，还有她的两个姐夫，他们是生是死？战争结束几乎没让金达感到兴奋，因为她眼前一切都是未知数。得到了确切消息之后，她才能开始新生活。她不知道，她等的消息只会比她漫长的等待更痛苦。她给红十字会写信，给立陶宛写信，有的地址已经不在了，她给认识的从政人员写信，给她到东欧定居的曾经的学生写信，想打听到亲人们的消息。有传言说在东欧关着的犹太人被封锁在了苏联，小孩儿们被带到德国被占领的地区补充战后人口。在漫长的等待里，金达睡不着，夜里随时会被梦惊醒，梦有好有坏，但没有一个真实的。战争结束了，但新的煎熬开始了。金达梦到亲人们还活着，一艘大船载着他们在平静的海上行驶，但醒来却绝望地发现这只是个梦。她梦到自己看见他们就在街对面，她叫他们的名字，玛莎，尤利，瑞雅，马克斯，莎乐美，卡尔曼，但他们却听不见，或是假装听不见。他们埋怨她。她把他们扔在立陶宛，不跟他们联系，也不帮他们，而她自己跑到了法国这个人权国家。一九四五年十一月六日红十字会波罗的海分部给金达回了信："非常抱歉，我们不得不向您说明，由于搜寻工作遇到了极大困难,我们未能得到您亲人的可靠消息。"也就在这一天,纳胡姆、瑞雅、玛莎的第一次来信到了巴黎,信里有好消息也有坏消息。金达的姐姐瑞雅、玛莎、弟弟纳胡姆还活着,这是天大的喜讯。莎乐美、卡尔曼、马克斯、尤利没能幸存,这使人陷入无尽的悲伤。

一九四五年八月,金达收了第一封信,是从慕尼黑寄来的,信上标着一九四五年七月一日,落款是金达的弟弟纳胡姆。他还活着,一九四二年在科夫诺犹太隔离区里与一位年轻姑娘米丽娅姆结婚。他和米丽娅姆失去了联系,没有瑞雅和玛莎的消息,也没有孩子们的消息,更不知道姐夫尤利和马克斯怎么样了。

亲爱的金达:

经历了四年无边的痛苦和折磨,我仍旧活了下来,但不幸的是我不知道亲人和朋友们如今在哪儿。

一九四一年八月一日,所有犹太人被迫住进科夫诺斯洛博德卡郊区的犹太隔离区。

我和母亲还有玛莎、尤利和小卡尔曼一起住进一个房间,瑞雅、马克斯和莎乐美想办法和我们搬到了一起。这段时间对我们大家来说还算过得去。

一九四三年十月二十六日,灾难开始了。母亲、玛莎、瑞雅、尤利、马克斯、还是幼儿的卡尔曼和小莎乐美被带走了,之后我再没有过他们的消息。

谁还活着,谁死了?

我们能回答这个问题之后,就该开始创建新生活了。

听说很多犹太孩子都关在一个集中营里。

弟弟纳胡姆

第二封信是同一周寄到的。金达从信里知道瑞雅和玛莎幸存了下来。她们连走路带坐火车漂泊了十个月,最后在布拉迪斯拉发被叶伦酒店收留。舅舅皮埃尔对我说:"要是你想知道一九四五年布拉迪斯拉的叶伦酒店是什么样,可以读一读祖籍立陶宛的以色列大使阿巴·格芬写的《备忘簿》。"

"在叶伦酒店的二十五个房间里住了两百个犹太难民,条件还算人道。但后来犹太屠杀幸存者组织出于无奈要在酒店安顿一千人。这使情况一下紧张起来,酒店变得杂乱无章。不用说,人们晚上很难睡着。"

瑞雅就是从这个超负荷的酒店寄出了给她妹妹金达的第一封信。

布拉迪斯拉发,一九四五年六月七日

我最爱的亲人们:

好长时间过去了。自从我们分别后,很多人失去了生命。太多东西压在我心头,给你们写信变得异常艰难，因为我找不到词语来表示我们心头的痛苦和伤痛，但是活着的人要坚强，要对活着感到喜悦。玛莎和我成功地从法西斯手里逃了出来，还有纳胡姆和他妻子，他在犹太隔离区里结的婚，现在在慕尼黑，我和玛莎要去和他会合。你怎么样了，我亲爱的妹妹？辛卡和孩子们还跟你在一起吧？可以的话，我想让你来找我们。

吻你

瑞雅

高廷，一九四五年十一月二十三日
亲爱的金达、辛卡、爱莲娜、皮埃尔：

我刚从波尼威治回来就写信给你们。我到父亲墓上去看了，墓地没有被破坏。我跟他讲了我们的痛苦和喜悦，还请他为我们祈祷。之后我们到了纳胡姆的住处，那里很宽敞很温暖，纳胡姆像个公爵似的。感谢上帝，这里生活条件太好了，房子里家具齐全。经历了这么多事情之后，你们要是能来和我们一起放松放松就好了。旁边一片景色宜人的森林里还有一家疗养院。纳胡姆和瑞雅想回立陶宛。亲爱的，想想看，这个想法难道不是太不现实了吗？经历了这一切之后，对我们犹太人来说，我们唯一的家园应该是以色列。我打算学希伯来语。

生活是艰难的。我以前并不懂得珍惜生活和幸福。

我信任我爱的人,从没想过和他们分开,而从那之后我并没为他们做过什么。我曾把生命当儿戏,希望我能得到宽恕,因为我的愚蠢和幼稚,一个我爱的也爱我的男人去世了,我再也找不到这样一个人了。

玛莎

乔治·塞姆朗在《写作或生活》里回答了一些肤浅无知的问题,类似于:"挺艰难的,是吧?"这些问题在他从布痕瓦尔德集中营出来的时候就有人问。而当他试着从内心最深、最不被触及之处回答的时候,提问的人却变得沉默、心不在焉,他们不想再听下去了。人们提问不是真心想知道而是出于礼貌。说了也白说。乔治·塞姆朗又写道:"要想继续生活,最好自己主动陷入失忆。能倾听的人实在太少了。"

金达一知道自己的姐姐和弟弟还活着,马上一个人坐上火车去慕尼黑。金达问了些问题,因为她想知道,想分担。她不出声地倾听,记住她们的话,就像是自己说的一样,不落下任何一句。

瑞雅、玛莎、纳胡姆和他妻子米丽娅姆详细地讲述发生的事,其中经过,还有亲人们的先后离去。他们就连莎乐美和卡尔曼最后的日子也没有回避,这是他们最难提起、今后也再不会提起的。瑞雅和玛莎把一切告诉她们的妹妹,她们还共同为在慕尼黑活着重聚感到高兴。"活着真幸运啊!"瑞雅反复说。"我们还会有孩子的,一切都要重新开始。"米丽娅姆补充道,那时她才二十三岁。

金达听瑞雅和玛莎、纳胡姆和妻子米丽娅姆描述了一九四〇年苏联人到达波尼威治的情景。然后对犹太人的侮辱开始了,第一波强制充公,还有立陶宛军人为庆祝期盼已久的纳粹军队到来进行的犹太屠杀,一九四一年六月二十五日十几名犹太男子在列图基斯车站用铁锹被打死。瑞雅、玛莎和纳胡姆详细讲了从德国人入驻的日子起纳粹开始颁布的各种专横命令。所有犹太人被要求在一九四一年七月十一日晚上六点之前到科夫诺最破烂的街区斯洛博德卡集合,以科勒卡瓦纳街和图勒维休斯街为界,未经许可不许出去。他们收到一张清单,里面明确规定着可以带走的衣服、家具和日常用品。每个家庭被集中在一个房间里。生活就这样安顿下来了。有黑市,还有文化生活。隔离区的犹太人还有权留一些书,玛莎临时当起了图书管理员。一九四二年年初到一九四三年夏天,在纳粹暂停筛选的间隙里,科夫诺隔离区的犹太囚犯在狱墙里建起了一个有几千本藏书的图书馆和一家剧院。玛莎和瑞雅读意第绪语小说、言情故事和俄国文学。图书馆借出第一千本书时,剧院办了一场庆祝活动,瑞雅甚至想要画张海报。她没能带来自己的钢琴,但一位斯洛博德卡的女居民有一架,犹太隔离区正建在这片科夫诺最穷的街区里,她答应把这架德国牌子的好钢琴留给剧院。瑞雅用钢琴弹着意第绪歌曲,曲调欢乐动人同时又有些悲伤。重起时人们都加进来一起合唱。

纳胡姆是犹太复国组织的一分子，他参加了犹太隔离区的犹太政府，政府一方面与纳粹谈判，一方面资助武装反抗。纳胡姆爱上了一个十八岁的年轻姑娘，名叫米丽娅姆·申纳勒，人们叫她美人米丽娅姆。她高个子，古铜色皮肤，蓝眼睛。一九四二年普林节那天纳胡姆在犹太隔离区和米丽娅姆结了婚。玛莎和瑞雅给金达描述婚礼时眼睛闪着光，因为对她们来说，一切美好的东西都是重要的。最后瑞雅和玛莎告诉了金达她们是如何跟孩子、丈夫分开的，讲了她们如何被运到爱沙尼亚的克卢加劳动营，还有她们是如何抓住生机死死不放的。她们在托特组织管辖下工作，像奴隶一样在采矿场干活儿。克卢加劳动营的指挥官叫威廉·维勒，是纳粹党卫军成员，其他看守都是爱沙尼亚人。她们每天早上五点起床，喝点劣质咖啡，点名，然后从早上六点一直工作到十二点四十五分，之后喝点汤，继续工作。晚上没有饭吃。格罗斯曼和爱伦堡的《黑皮书》里，一名维尔纽斯大学生这样描述克卢加营："犹太女人在采石场里一刻不停地搬运巨大的石块，每人每天必须至少搬四吨。"

一九四四年八月苏联红军逼近爱沙尼亚时，她们被转运到施图特霍夫集中营。瑞雅和玛莎得知留在克卢加的同胞被一个别动队杀了，他们的任务是要消灭集中营的痕迹并烧毁尸体。只有八十名囚徒成功藏起来躲过了屠杀。纳胡姆在美国犹太委员会工作,他保留了一份美国《纽约时报》。家里的女人们一言不发地读完了记者 W.H. 劳伦斯关于克卢加集中营的报道。这位记者一九四四年十月在别动队经过之后来到了克卢加集中营。

"在克卢加这里,我看到并清点出了残存的尸体,男人、女人、儿童共四百三十八人,其中有一个婴儿应该还不到三个月大。(……)一些尸体上带有轻微烧过的痕迹,别的则被烧得彻底面目全非,只剩下一些骨头。在一些破棚子里面,骨头和木灰堆成了小山,证明很多人在这个地方遇难了。在院子里我数了数有六十具尸体,有男人、女人也有儿童,其中有一个婴儿,孩子穿着红色的套头衫,羊毛裤和一件蓝衬衫。

"在营地中间里还有一些被枪杀的尸体,但可能因为德国人急于在苏联红军到达之前撤离,没来得及烧掉。"

战争过去后，金达再没什么希望，瑞雅、玛莎和纳胡姆的遭遇让她心里再无法高兴起来。她如此悲痛，变得寡言少语。金达不夸女儿爱莲娜漂亮，反复跟她强调要努力，而且从不表扬女儿。和平没给人们什么安慰，或许金达觉得，人死不能复生，只有在寂静中才能勉强继续生活。于是她便过上沉默寡言的生活，努力、工作、没有激情夜没有娱乐。然而瑞雅、玛莎、纳胡姆、米丽娅姆决定走另一条路，要活得精彩。

瑞雅和玛莎投入的道路是这样的：恋爱、结婚，再次生儿育女，编织生活。一九四六年玛莎在火车上邂逅大卫。大卫是名医生，在战争中失去了妻子和两个女儿。他们搭上了。"我妻子和两个小女儿都去世了。"他给玛莎看她们的照片。玛莎也说起了她的丈夫和只有三岁的儿子。这是他们最后一次提起过去的事。玛莎还记得一九三八年在维尔纽斯的舞会上他们两个已经见过彼此了吗？那天大卫已经注意到了她，不过他已经结婚了。玛莎没同意和他跳舞。而今天，他们两个都一无所有。一九四六年在慕尼黑，半个月里，大卫每天给玛莎送一束红玫瑰。他在她身上看到一股力量，她还有继续生活的活力。玛莎穿着美军的军大衣，唇上抹着费劲找来的亮色口红，既性感又严肃。她旁边一群人里有各国的犹太人、战败的德国人，难民、集中营囚犯到处都是，玛莎要使自己显得优雅，好像如果不这样，她的生活就会崩溃。大卫爱上了她，他自己也不明白为什么。一个人经历了大屠杀，失去了妻子女儿，这个人怎么还能再爱呢？但他很确定，自己的确爱上了玛莎，一九三八年他在舞会上第一次碰见她，然后在那辆火车上又遇见了她，他的整个生活、他的未来都指望着这个女人的活力了，他一定要说服她。为了她，大卫用六个月的烟草票从黑市上换了一些红玫瑰，他给她写信。只有跟她一起，他才能重新开始。玛莎答应了他的求婚。一九四八年他们女儿米莉出生在慕尼黑，一九五〇年他们在特拉维夫生了米莉的妹妹吉拉。

瑞雅是在美国犹太委员会办公室认识埃利的。她自己去的委员会，她成了寡妇，什么也没有了，还要继续没有女儿莎乐美的生活。她知道自己再也不能把女儿抱在怀里，再也不能听到她的笑声。莎乐美·伯恩斯坦是独一无二的女孩，哪个孩子也不能和她比，她不用哭闹，凭着一股可爱劲儿就能得到所有想要的东西。在战争开始前，她自己学会了识字。在犹太隔离区里，她看到什么都读出来，海报、学术书刊、少女言情小说、科学课本、哲学作品、《摩西五经》，甚至食谱。她会照着食谱的样子用一点土做蛋糕，用泥水当鸡汤，用石头假装土豆饼，还会拿些草做点缀。她一脸认真地把自己的杰作分给大家。她还会玩"以前在家是怎样"的游戏。以前她吃饭特别慢，还会把肉挑出去不吃。她假装自己不饿。她玩游戏时安安静静，为的是不让大人烦心，让他们看出来她明白发生了什么。一九四三年一月，犹太隔离区的卫兵决定没收所有带字的东西。家家户户被翻了个遍，书刊、手稿都被烧得一干二净。莎乐美只好找别的法子让自己开心了。她借来爸爸的衣服乔装打扮，每天晚上都给家人上演新的节目，她唱歌跳舞，编故事给大家，她的故事总是有一个美好的结局。莎乐美保护她的母亲，她只会问将来从隔离区出去之后的生活是什么样的。"我能吃到罂粟蛋糕吗？可以给我一本沙勒姆·亚拉克姆带插画的故事书吗？我都不敢问你，我怕你不许我去，我以后可以到巴黎歌剧院做舞蹈演员吗？我想去看金达姨妈，表姐爱莲娜，还有皮埃尔，他跟我一样大。可以吗？"

自从莎乐美不在了之后，对瑞雅来说每一秒都是煎熬。

自从莎乐美不在了之后，瑞雅睡前都会祈祷："让我死吧，让我现在就死吧。"她对自己还活着感到惊讶。她再也无法忍受了。她勉强活着，因为她没有选择。她幸存了下来。她说："在我前面，什么也没有。"她姐姐玛莎回答说："不对，只是因为模糊看不清罢了。"玛莎还给她写了这首诗：

致小妹瑞雅

在过去的废墟上
你重建人生

在茫茫人海中
你愿苦寻一个他

愿走近你的他堪当此任
重新温暖你的心
愿奇迹般幸存的他
赋予你全新的生命

愿那体贴的臂膀
再度将你轻揽入怀
愿幸福的歌声响起
似春天的小鸟自由鸣唱

玛莎·布隆伯格（皮埃尔·帕彻译）

  玛莎和瑞雅到巴伐利亚州小镇高廷落脚，在美国犹太委员会办公室里，一个男人走近了瑞雅。"您真漂亮。"这个人自我介绍叫埃利·阿尔特曼。瑞雅的新生活就这样拉开了序幕。瑞雅热烈地爱上了埃利，埃利也同样地爱上了她。埃利对瑞雅说："你太可爱了，没办法不喜欢你。"瑞雅只和埃利聊天，埃利也一样。瑞雅要把莎乐美介绍给埃利，就像她还在一样。瑞雅对埃利说的时候，眼睛亮亮的，当她找到恰当的词来形容女儿时，她的未来再次丰满了起来。"人们瞒不过她，她比我们所有人都聪明。人们争着跟我要她，在犹太隔离区里，女人们求我说：'让莎乐美跟我们待一天吧,你去歇一会儿。'但我不愿意,我知道我们以后在一起的时间少得可以数清楚。莎乐美靠着我躺着,亲我,挠我痒痒,编故事给我听。我们两个就一起笑。我们就站在死亡的门口可我们还是会笑。你知道吗?她是我在这个世上最爱的人。我教她写字读书,像我和玛莎一样,她开始自己写诗。我还记得她有一首诗叫《太阳》。她活在这个犹太隔离区里,从五岁长到六岁、七岁,她知道自己就要死了,但还用小手认真地写:'太阳将照亮我们所有人。'"莎乐美从瑞雅身边被带走那天,天气特别好。留下还是离开,瑞雅什么决定也做不了。她只是跟着玛莎。从那天开始瑞雅就成了一个活死人。她把自己变成一块石头,在她身上再也没有生气了。在劳动营里,她和玛莎每天跟疲劳、寒冷、饥饿、干渴还有丧子之痛艰难地斗争,而瑞雅只是重复姐姐的动作。她只是玛莎的影子。她自己说不出真正的话也做不出任何行动。她任由摆布。为什么那些比她壮得多的都倒下了,她却活了下来?她对谁也不敢讲,她希望这一切全都结束。只有她的死才能让她感到宽慰。她的坚韧对她来说毫无意义。玛莎把她一直送到美国犹太委员会门口,反复教她应该要什么。要票,但刚一进门,她就忘了要哪种票、为什么要票。她完全糊涂了,她什么也不想要,既不想要票,也不想继续假装自己还活着了。她姐姐和弟弟没有看出来她已经痴呆了吗?大概因为她写信时好像心里的血液又开始流动了吧。

玛莎和瑞雅离开布拉迪斯拉发回到了立陶宛，可是在那儿没什么东西等着她们。她们的房子被征用了，也没有墓地可以让去世的人重聚，吉尔索维斯一家战前存在过的痕迹一点儿也看不到了。一些俄国兵（他们也说意第绪语）大声对她说："你们疯了吧，快点回西边去，这里进来容易出去难。"于是她们又向西出发，到了德国高廷。在那儿她们偶然和弟弟纳胡姆重逢了。她俩一起走在高廷的街上，玛莎拉着瑞雅的手，一边把大剧院和中世纪的老房子指给她看。同盟国的炸弹没有殃及这座小城。就在它的街道上，瑞雅和玛莎碰到了弟弟纳胡姆。虽然他们重逢的几率只有十万分之一，但他们还是在德国小城高廷碰在了一起。美国犹太委员会对他们表示同情，给她们找了住处，一些粮票和衣服。每周都要到那里去，有次轮到瑞雅了。玛莎一点一点教她日常生活的动作。不过不是平常的日常生活，而是一个前集中营囚徒背井离乡流落到德国陌生城市的日常生活，没有家庭，没有房子，没有财产，但毕竟是生活了。要懂得领取票证、排队、填表、坐火车倒汽车，找到一个床位睡觉。与在克卢加集中营里一切与死亡只有一墙之隔不同，要学会接近生活的事情。是玛莎教给瑞雅这些的。是啊，玛莎这么坚强，她已经回归生活中，对未来充满期待，但她会一下子喘不过气来。她这个状态不会持续太久，她会全身发紧，怀疑自己永远迈不过这道坎儿。她祈求上帝：帮帮我吧，让我和瑞雅走出困境吧，我一个人做不到。她做祷告，对生活和上帝充满信任，但有时，她会突然质疑生活、上帝，还有让她为别人付出的爱。而在她不知不觉中，生活、上帝、爱又回来了，她又重新挑起了自己的担子。谁也没见过她彻底陷入迷茫又重新振作的样子，包括跟她如此亲近的瑞雅在内。在集中营里，只有坚持下去这一个目标，现在玛莎和瑞雅手牵手走在小城的路上，该去哪儿呢，向左，向前，还是向右呢？她没想到会这么难。选一条好路，找到东西糊口，回立陶宛的家里，然后试着去巴黎，没有人等着她们，没有地方去，永远没有人能明白她已经把生活和儿子卡尔曼留在了身后，在她前面展开的是另一个生活。她不再是卡尔曼的妈妈、与丈夫尤利情投意合的妻子，也不再是受人爱戴的玛丽的女儿，她不再属于曾经的生活。她必须和妹妹瑞雅、金达、弟弟纳胡姆一起寻找活着的其他理由。另一种生活一定在某处可行，她必须找到进入这新生活的力量，这样他们才能重新变成活人。

瑞雅在办公室里只是发抖。接着她遇到了埃利。他问她："您需要帮忙吗？"他碰了一下她的胳膊。她变得像个孩子一样。"您原来在哪个集中营？"她回答完，问："您呢？"他看着她，好像她是全世界最美的女孩。瑞雅那时三十五岁，她穿着美军厚重的大衣，棕色头发像男孩子一样剪得很短，梳成偏分。玛莎给她头上戴了一顶黑色贝雷帽，还稍稍弄歪了一点，"这样显得更别致。"玛莎这样解释，好像瑞雅是去赴有情调的约会，好像她还是一个活

生生的人。据皮埃尔讲,埃利是他"见过的最有魅力的男人"。在瑞雅和埃利遇见的一周之后,玛莎写了首诗:

> 在高廷的房间里
> 在德国的土地上
> 两个女人反锁房门
> 在小屋睡觉。
> 她们无法入眠,只是辗转反侧
> 未来会怎样?
> 谁会一心等着她们
> 前路满是对曾经的追思。
>
> 我们一无所有,毫无期待
> 只有一本书来拯救我们
> 如同母亲一般
> 其中一人敞开心扉,充满感情
> 此时她又获得了生命的色彩。
>
> 良师埃利(阿尔特曼)
> 点燃了生活的火光
> 请你一生珍惜。
> 生为犹太,仍能奇迹生还
> 你们定能情投意合
> 要创造、工作和生活

还要付出，要热爱你们的族人
愿你们二人相互依偎
我把门反锁独自入睡也心甘！

M. B.

一九四五年十一月二十三日这天，瑞雅颤抖着，她的枷锁全都变成了碎片。她想听埃利把刚开始的话再说一遍。他真的说她很漂亮了吗？就这样，这些话把瑞雅重新带回了生活中。

晚上的时候，渐渐苏醒的瑞雅决定写一封信附在玛莎给金达的信上。

高廷，一九四五年十一月二十三日

在科夫诺和慕尼黑游荡了七周之后，我们到了纳胡姆家。在这儿我们终于得到了休息。我和玛莎一起参观了欧洲美丽的城市，我们一起去看话剧院、音乐厅、博物馆，还到大学里去参观，不过到处都空荡荡的。我亲爱的马克斯在离解放就两个月时死在了集中营里，他度过了爱沙尼亚这一劫，却在德国赎罪前不久离开了人世，这让我心里更加难受。我们的孩子们，那么漂亮，那么开朗，像小太阳一样，我们夫妻间的爱让他们更加茁壮。但我们不得不把孩子们留给我们的母亲，她的名字永远是圣洁的。她毫无怨言地带着莎乐美和卡尔曼离开了。上帝赐给我们两年时间在犹太隔离区和孩子们一起生活，我们抓住每一天、每一分钟享受还在一起的时光。我们心里清楚这样的日子没多少了。

我们期待着你的回信。

瑞雅

在美国犹太委员会的办公室里，从埃利见到瑞雅的那一刻起，爱她就成了埃利生命中不可或缺的部分。瑞雅靠着埃利，内心十分激动，"他把我拉向生活，不再低迷的生活。"从集中营和死亡的威胁下走出来的两年之后，瑞雅和埃利在慕尼黑相恋、做爱并结了婚。一九四八年，失去女儿、淹没在悲伤中的瑞雅和失去两个孩子以为自己万念俱灰的埃利，两人生了一个儿子，和以色列①的小儿子一样取名叫本杰明。渴望、快乐、潜在的未来曾经在他们的生活中消失，甚至吃饭、亲吻、希望的能力也不复存在，但如今这些又渐渐有了模样，先是远远地，然后就伸手可及了。埃利和瑞雅回不去立陶宛，犹豫着去法国找妹妹金达，但因为签证困难放弃了；他们也考虑去美国，还梦想到巴勒斯坦定居。继续在德国生活不在他们的考虑范围内。一九四八年，瑞雅、埃利带着新生儿本杰明去了以色列，又跟玛莎和大卫聚在了一起。

---

① 即雅各。

在慕尼黑，金达、瑞雅、玛莎的弟弟纳胡姆找到了他心爱的米丽娅姆，他在犹太隔离区时娶的妻子。"一时间最强的悲痛和最大的喜悦混在了一起。"纳胡姆给金达的信中写道。同一年，也就是离开集中营三年后，跟玛莎和大卫、瑞雅和埃利一样，纳胡姆和米丽娅姆生了一个孩子。他们的孩子取名叫撒母耳，他们决定到美国纽约开始新生活。米丽娅姆有一个叔叔战前移民到那里。美国犹太委员会在欧洲帮助犹太难民，多亏纳胡姆在那儿有些关系，他和妻子拿到了去美国的签证。

纳胡姆之前在立陶宛是律师，但因为年纪大了捡不起法律学业，也没法通过律师资格考试，他就到纽约一家抚恤二战受害者的机构做法律顾问。对我们来说，他是我们的"美国舅爷"。他给我们寄桂皮口香糖、果冻粉（这种东西加上水就能变成红黄绿各色的果冻），还有宽大的牛仔裤。外祖母金达解释给我说："在美国什么东西都大一号，连豌豆也不例外。"纳胡姆会和妻子米丽娅姆还有女儿菲伊一起来巴黎。女儿和她母亲一样有双蓝眼睛。他说话时不带美国腔，声音却和外祖母一样是沙哑的，我想那些同是离开故土的亲戚们也都这样。纳胡姆一家的姓氏由吉尔索维斯变成了格什温。第一次到新泽西斯普林菲尔德拜访他们家时，我十岁。我走进客厅，脚踩在地毯上的那一刻简直惊呆了。他们的羊绒地毯又厚又软，我的脚陷进去了好几厘米。提起纳胡姆·格什温，我的美国舅爷，我就能想到这块柔软的地毯，想到彩色果冻粉、桂皮口香糖，想到他大个子的孩子撒母耳和菲伊，还有金达的描述，她每个夏天都去看望他。金达会写很长的信给我讲美国的大商店，烤肉，讲她英语又进步了，除了这些，别的东西、什么也不会告诉我。

对了，我十八岁那年，她还隐约提起过纳胡姆妻子米丽娅姆的一句话："我们刚到美国时，没人接待我们，没人帮我们，也没人听我们说话。"我听到这话，心头一颤。这是我第一次听到他们有怨言。我知道米丽娅姆和纳胡姆都被关进过集中营，但他们从没解释过"集中营"意味着什么。集中营里发生的事不能说，但之后发生的事情却可以。没人支持，没人倾听，这种恼人的事情可以说出来，米丽娅姆也可以恢复过来。

二十五年过去后，在二〇一一年三月我给米丽娅姆女儿菲伊写了封信。"我在写一本书，主要是些二战时家里发生的事，你觉得米丽娅姆会愿意跟我谈谈吗？"当天晚上我做了一个噩梦，梦里米丽娅姆责骂我说："你问这些问题干什么？这样只会让我们难过，就不能让我们安静过日子吗？我们只想忘记过去保持沉默。"

第二天，我收到了菲伊的回信，我很意外：

她很乐意和你聊聊。①

而我也真的很愿意听她讲。她曾经说不出口,我曾经不会倾听,但现在,我们都准备好了。

菲伊特别跟我说,米丽娅姆从去年开始到郡高中做二战见证人。她已经八十七岁了,战争已经结束了六十五年。她自己一个人住在新泽西斯普林菲尔德的大房子里,屋里地板上铺着厚厚的毛地毯。她自己开车,到图书馆当志愿者,打麻将,穿牛仔裤和篮球衫。当她在女儿家时,别人建议去旁边高尔夫球场打球,她会耸耸肩膀用意第绪语说:"那是外族人的玩意儿。"菲伊给我看过米丽娅姆一九四六年穿着美军大衣拍的一张照片,不管是在照片里还是现在,米丽娅姆看上去都像个美国大明星。她讲英语时略带一点口音,还会用些美国人听得懂的意第绪词语。米丽娅姆认识莎乐美,抱过她,带她玩过。跟瑞雅和玛莎一样,米丽娅姆也觉得莎乐美是世上最漂亮的小姑娘,和她表姐爱莲娜一样让人着迷。

我从纽约出发,为了让我到达他们在新泽西普林斯菲尔德的家里,菲伊嘱咐我该坐哪路公交车,到哪个车站等车,还有车票是多少钱。在纽约一家药店里我看见一张广告,建议买个袋子"拖运"物品,"拖运"这个词也是用的意第绪语。

二〇一一年四月十四日早上,我坐在没多少乘客的公

---

① 原文为英语。

交车上，心里特别激动，我紧张得想吐，好像我终于就要到立陶宛去科夫诺的波尼威治了一样。我想起了作家瓦莱丽·泽纳蒂和阿哈龙·阿佩菲尔德讲的故事。瓦莱丽出生在尼斯一个祖籍北非的犹太家庭。九岁时她骗父母说老师留作业，要求回家看晚间播放的电视剧《犹太大屠杀》。从那之后，她每天夜里都做噩梦，梦见一群纳粹士兵来抓她。十几岁时她移民到了以色列，她对朋友说自己父母是东欧来的。她撒谎，说他们东躲西藏，后来还被关进集中营里，她这么说是因为觉得这样可以成为"以色列贵族"的一员，自己也能成为犹太大屠杀受难者的子孙。一天她拨通了阿哈龙·阿佩菲尔德的电话，她还没来得及开口讲，对方就直截了当地说："好，我明白，你准备好讲你的故事了。你到了喀尔巴阡森林里了。"

坐着在新泽西穿行的公交车，我心想，好，现在我到了科夫诺的小镇了。路程不到四十分钟，但每隔一分钟我都会问司机："我们到了吗？是这站吗？"我还特意准备了一个新的黑皮本子。透过车窗可以看见美国郊区宁静的风景，沿途有木头房子，购物中心，还有很多洗衣店。

我到站的时候，菲伊已经在车站等我了，她冲我使劲招手。我们好几年没见了，她给我一个美国式的拥抱，弄得我有点不知怎么好。菲伊有着跟她母亲一样的蓝色眼睛，只不过她看上去比米丽娅姆重几公斤，她遗憾地说："我遗传了犹太人的胖屁股。"她为人活泼、热情，她还告诉我自己在一个犹太大屠杀幸存者后代的团体里，"我们情况都一样，家长什么都不告诉我们，我们什么也不知道。"

菲伊跟丈夫孩子一起住在新泽西，家里的木房子是典型美国中产阶级的住宅。从表面看，一切都平平常常，大汽车，客厅的棕色真皮长沙发，厚厚的毛地毯，巨大的冰箱，还有两台洗碗机。在车上，我问菲伊知不知道我们犹太家庭的历史，纳胡姆和米丽娅姆告诉过她什么没有。"在家里，父亲会讲犹太大屠杀，因为他给一家抚恤战争受害者的公司工作。他会详细地讲述他客户的故事，他们以前的生活，他们失去了什么，他们如何幸存下来，他谈论别人的过去，却从来不提自己的。大人们没禁止我们问这方面的问题，而我自己觉得这不是个好话题，这是一个无声的约定。一九七九年，我们全家一起看了两部电视剧，一部叫《根》，男主角艾利斯·哈利是美国黑人，剧里讲了他们家族从非洲大陆到奴隶庄园再到现在的来龙去脉。另一个我们看的当然是梅丽尔·斯特里普演的《犹太大屠杀》。"

"我问母亲，战争就是这样的吗？

"她回答说，不是，你在电视里看见的还不到我们经历的十分之一。我哥哥撒母耳把我叫到一边责备我说：'你怎么开口问她这种问题呢？'"

她母亲米丽娅姆原来叫夏茵那尔，意思是美丽。她一直那么美，蓝眼睛，短头发，长长的腿，总穿长裤和运动鞋。她已经八十七岁了，还自己开车。有时她二十岁的外孙女妮可求她说:"拜托了,跟我一起买衣服去吧,家里就你有品位。"她便犹豫着说:"妮可,我有自己的日子要过,我得回家。"于是妮可只好说:"我要绑架你。"

菲伊说着笑了起来,"世界简直颠倒了,我母亲喜欢自己一个人,我想请她吃饭,也一样非得求她才行。"

在菲伊家的大客厅里,米丽娅姆坐在棕色真皮沙发上,手里拿着一杯汽水。透过窗子能看到一片高尔夫球场。一切都是典型的美国风格。一碟小饼干放在茶几上,米丽娅姆出神地在旁边坐着。她人在这里,却是从另外一个世界跟我们对话。在那个世界里人们夹着两三种语言讲意第绪语,人人都吃炸油梭子,在那个世界莎乐美还活着。米丽娅姆想让我们看到的就是这个消失了的世界。

"十年前,我在电视上看到斯皮尔伯格基金招募的一个二战见证人,他曾被关在科夫诺犹太隔离区。那时这个人还是孩子,他觉得犹太隔离区太好了,不用上学,可以天天玩儿。我真是被惊到了。他们想让我们见到的证人就是这样吗?我现在眼前还能看见立陶宛犹太隔离区入口的宣传口号:'犹太人,你永远的敌人'还有'斯大林、犹太人,同样是恶魔'。看过那期电视节目两年之后,斯皮尔伯格基金的一个人给我打电话,他是这样说服我的:'我想请您做的,是讲一讲你们战前的生活,那种人人说意第绪语、用意第绪语写小说、写剧本、写歌词的生活。'我就答应了,因为我希望人们明白,那个消失了的世界是美好的。"

米丽娅姆一九二四年出生在梅梅尔（那儿本来属于德国，后来因为《凡尔赛合约》变成了立陶宛的。梅梅尔源自拉脱维亚语，是寂静的意思）。

她的父亲开了一家纺织厂，她们家之前十二代都是拉比①，只有她父亲不是。一九三八年镇上禁止中学、公园、人行道对犹太人开放时，米丽娅姆正在上中学。她班上的德国同学帮她补习功课，好让她能继续学习，她还去图书馆借书，他和父母一样，觉得一切都会好起来。她家有两个从奥地利维也纳逃过来的表兄。他们讲了那里反犹情绪高涨，犹太店铺遭到打砸抢，而米丽娅姆一家在梅梅尔，一直以来犹太人和这里善良的人们都相处得很好。但是，一切并没有好起来，米丽娅姆一家不得不带着奥地利来的表兄去立陶宛的科夫诺，那里有一个姑姑收留他们。

"战前我们住在那儿时，科夫诺有一个特别好的男高音，一有空我就去歌剧院。有一次我爷爷跟我说，好孩子，你这么聪明，将来有一天你会坐上飞机呢。在那会儿，坐飞机是一项非常奇妙的探险。我们也看报纸，我从里面知道了埃塞俄比亚皇帝的事情，知道了英王室长子为了爱情放弃了王位。那时我梦想着当翻译或者律师。我最喜欢的菜是炸油梭子。我读俄语版的比诺曹，笑得尿湿了裤裆。战争过去后我们去法国看完你外祖父母，带你舅舅去看比

---

① 拉比，原意为老师，是犹太人中的一个特别阶层，常在犹太教仪式中担任主持。

诺曹的电影,他大概十岁,和我当年一样,他也笑得尿了裤子。嗯,我是不是不该跟你讲这些,他现在可成了大学者了。

"还有一件事也许我不该跟你讲。我长大的家庭非常虔诚,之前十二代都是做拉比的。经历了战争之后,我还保留着我们的文化和传统,但我再也不相信上帝了。成千上万的孩子被杀死了,上帝怎么能不管不顾呢?上帝怎么能看着莎乐美和卡尔曼这样的小孩子被杀死呢?"

米丽娅姆在科夫诺上的是立陶宛语中学,理解这门语言对她来说比较吃力。她喜欢上一个男孩子,按她的话说,这个男孩子非常优雅英俊。七十年过去了,她一直记得他的样子,个子很高,头发是金色的。

她不记得他的眼睛是什么颜色了,但还记得他的姓和名字,他叫埃利·伯格曼。

听到这儿,米丽娅姆的外孙女妮可叫道:"你和一个男生约会了!你和他一起过周末了吗?"

"呸,这么快,你以为我们一起过夜了吗?"米丽娅姆激动地说,"我们在科夫诺公园里散步,就这样。"

然后,米丽娅姆继续讲,几乎像陈述一个她曾经认识的女人的一生一样。

"一九四一年七月,我们所有人都被迫搬进科夫诺犹太隔离区，只能带一些衣服和餐具。每个家庭都被挤进一个房间里。我因为会说德语，被安排给犹太隔离区的指挥官托恩波姆做家务。这样一来我就有机会打听到了我未婚夫的状况。一天德国人要找五百个年轻犹太人做志愿者，给图书馆搬家。我男朋友埃利也跟他们去了。人们以为，只要服从命令，总会躲过灾难。十五天过去了，什么消息也没有。我求指挥官的侍从帮我打听。这个侍从对我不错，常把指挥官吃剩的菜和他妻子送的蛋糕分给我。指挥官对我一直比较客气，他对侍从说：'我为米丽娅姆感到遗憾。'我的恋人死了，我不敢把我知道的讲给别人，就连他的父母也没告诉。有时我和侍从一起吃饭，一天在饭桌上，他严肃地对我说：'米丽娅姆，我必须跟你说一件重要的事，我不知道我会不会有勇气对你说或者真的这么做，但我必须这样，因为我很喜欢你这个人。'

"'你说吧，我听着。'

"'米丽娅姆，我宁愿杀了你。'

我听了特别害怕。

"'但是，为什么要杀了我呢？'

"他解释说：'因为你们所有人都得死，如果是我今天用手枪送走你，你死的时候就可以少受些折磨。'

"我们之间的关系就是这样的。是的，这个侍从对我不错。"

"他叫什么？"

"我不记得了。战后在慕尼黑，人们让我指证德国军官托恩波姆，我没能答应他们。

"正因为我给指挥官和其他德国军官做家务，我姑姑和她两个孩子才躲过一九四一年十月第一轮筛选。我们被要求早上七点到家门口等着，一个盖世太保突击队的德国人把人往左或往右一指。天很冷，下着雪。立陶宛警察团团围住被指到右边的人，我们心里清楚他们面临着什么。我姑姑和她的孩子被分到了右边。雇我工作的指挥官在战争开始前是在柏林开银行的。我一望见他就过去找他，给他指了指我的姑姑。他便到右边队里把她和她孩子找了回来。我还记得一个年轻德国士兵，他问我：

"'你是梅梅尔的米丽娅姆·利希滕斯坦吗？'

"'对，我是。'

"'我和你以前是一个学校的。咱俩还一起玩儿过呢，你记得吗？'

"他给了我一些他母亲寄给他的点心。

"在犹太隔离区里，我们想尽办法跟立陶宛人做黑市买卖，拿自己保留下来为数不多的东西交换。德国人给我们列了一份清单，明确规定了可以带到犹太隔离区的东西，女人每人两条夏裙、两条冬裙、一件大衣；男人每人四套西服，另外每人三套换洗的内衣、两口锅、一套床单、一条被子……一切都被仔细设计好了。我们要花钱雇立陶宛人帮我们搬进犹太隔离区。当我们从隔离区出来工作的时候，又要用以前生活剩下不多的东西拿去跟立陶宛人换食物。有一次我用棉麻床单换了一大块黄油，可是后来发现被骗了，跟我交换的立陶宛人在黄油里裹了土豆泥。好吧，有总比没有强，我还是弄到了一点黄油。

"在犹太隔离区有一所学校，一家医院，还有犹太议会，议会领头人是埃尔克斯博士，他是个好人，想方设法保护我们。我给指挥官做家务要来回出入犹太隔离区，人们便托我带信。我是在送信时遇见我未来的丈夫纳胡姆的，他是你外祖母的弟弟。十五天之后我们就结婚了，那是一九四二年三月三日，是普林节。"

"米丽娅姆，你在隔离区第一次见纳胡姆时就爱上他了吗？"

她回答我说："大概是。"然后接着说。

"多亏了黑市和瑞雅、玛莎的创造力，我们办了一场真正的婚礼。我们用面粉做小蛋糕，填馅儿鲤鱼没有鱼用土豆做，还用土豆皮做可丽饼。

"纳胡姆和我住在一个房间里，瑞雅和玛莎两对夫妇带着每天乐呵呵的莎乐美还有卡尔曼住在另一个房间里，你曾外祖母玛丽也跟他们一起住。

"后来我怀孕了，简直是个灾难。我已经知道那些母亲和孩子们的下场，她们会被指向右边。瑞雅、纳胡姆和玛莎劝我说：'留下他吧，一切都会好起来的。'那是一九四三年春天。他们安慰我说：'美国参战了，等七个月之后孩子出生时，我们也都自由了。'

"瑞雅、纳胡姆和玛莎总是太乐观，玛莎的女儿吉拉也跟他们一样。他们看什么事情都往好处想。但是我还是流产了。瑞雅、玛莎和她们的孩子躲过了第一轮筛选。我想不起来是怎么回事。那几年好多事我都记不清了。我费了好大劲忘掉它们。"

"你还记得莎乐美吗？"

"啊，我记得莎乐美。她是个让人见了就高兴的小姑娘。普林节的时候我们用木头给她做了一个小鼓，她玩着可开心了。她外祖母、妈妈和姨妈还有我都留心照顾她。莎乐美是个快乐的小姑娘。"

"那她知道自己在犹太隔离区吗，她知道灾难在后面吗？"

"我想她不知道。我们大人反复告诉她一切都好，我们很快就回家了。我们花很多心思保护孩子们，不让他们发现什么。

"当我还是孩子的时候，大人不让我知道有死亡这回事。在美国就不一样，我丈夫去世时，我的小女儿想跟到墓地去。以前我们家从不让孩子参加下葬。在隔离区里就是这样，死亡、疾病、饥饿、恐惧对孩子们来说不存在，我们把这些都留给自己，好让他们什么都不知道。

"然后，一九四三年十月二十六日，全家人都被筛选了出来，瑞雅和玛莎被发配到爱沙尼亚克卢加劳动营，我到了波兰施图特霍夫营。"

我打断了米丽娅姆：

"那孩子们呢?你知道莎乐美和卡尔曼怎么样了吗,还有我曾外祖母?"

我飞快地问出了这个问题,简直语无伦次。我有权这样问吗?

"我在队里离她们很远,不知道发生了什么。"

"你们战后重聚时,谈到孩子们了吗?"

"战争之后,我便和纳胡姆、瑞雅、玛莎在慕尼黑重聚了。我们一起住在一座真正的房子里,一个德国保姆被雇来照顾我们,跟我们一起住。她之前为房子主人工作,后来给纳粹军人干活儿,现在又给我们这些集中营出来的人做家务。我们那时所有的谈话只有一个目的:今后的生活,我们做些什么。"

"你没回答我的问题,瑞雅和玛莎跟你谈起孩子们了吗?"

"没有,我们不谈孩子们的事情。"

"为什么?"

"因为一说起来就会特别难过,而且后来我们又有了健康的孩子和舒适的生活,这才是最重要的。

"有一天我儿子撒母耳问了我个问题,那时他十几岁。他问为什么他的小伙伴都有爷爷奶奶他却没有。我尽力解释给他听。在新泽西这里,我们认识一家朋友,他们无时无刻不在谈论犹太大屠杀,他们家就是个大屠杀纪念堂。他们的女儿就是在这种环境下长大的。这个可怜的小姑娘一个朋友也没有,谁也不愿意和她玩儿。菲伊你还记得她吗?她是我们的邻居。"

"那你会和你丈夫纳胡姆说这些吗?他也进过集中营。"

"就算和我丈夫一起,我们也很少说起集中营。

"有时他会告诉我一些事情让他想起达豪集中营。

"我再也受不了做家务,按固定时间工作,遵守规定,还有群体生活。我喜欢自己一个人。在我还上班的时候,我总会找临时工作,这样可以想不干就不干了。我丈夫能理解我这一点,因为他和我有相同的经历。

"除了纳胡姆,谁还能容忍我同时明白我不是任性乱来呢?另外一个也是唯一一个让我觉得能倾听我理解我的人,就是你外祖母金达。

"和她一起,我俩会谈起这场战争。金达先到纽约,后来到斯普林菲尔德看我时,趁着纳胡姆上班孩子上学,我们俩就一起聊。"

米丽娅姆每解释一段,结尾都会着急地问我:"你还有什么别的想知道的?"[1]

谈到集中营时,我的问题越来越不明确,米丽娅姆的回答也越来越笼统。

怎么问集中营的问题?我想起了乔治·塞姆朗——没经历过集中营的人只会问一些愚蠢的问题。

"施图特霍夫是什么样的?"

---

[1] 原文为英语。

"在施图特霍夫集中营,我们每天早上吃一小块面包,晚上一份汤。我收到一双拖鞋,但后来弄丢了一只。我只好用些布块把脚裹起来。我就这样在雪地上走,去离集中营好几公里的工地挖战壕。不能停,不然就要挨枪子儿。

"有些集中营的犯人光着脚在雪地里,因为太冷冻得直哭,一个看守见了笑着叫道:'打出生我就等着这一天,看犹太人受折磨。'

"有一次一个看守看着我大声喊:'那个老太婆,她干不了这个活儿。'那时我二十岁。

"施图特霍夫集中营里有两个小孩儿,一个十一岁的小男孩和一个九岁的小女孩。另外一个看守让他们在自己取暖的炉子边儿待着,还把自己的饭分给他们。没错,有时也能遇到还把我们当人看的人,但我却觉得自己算不上人了。

"一九四三年十月底我们到施图特霍夫时是八百个女人。一九四五年四月被放出来时,一百多人已经死了。我们很顽强,我们自由了,但以后该怎么办呢?谁在等着我们?还有谁活着?世界还存在吗?我们什么也不知道。我们不是战俘,谁也不知道怎么处理我们。我向东走,想回立陶宛,到了之后一群俄国士兵拦住了我,对我说:'你真是疯了,回西边去吧,立陶宛进来容易出去难。'"

"啊?我以为这是瑞雅和玛莎遇到的事。"

"谁跟你说的这蠢话,你们这代人什么也不知道。"

我向米丽娅姆提议一起看她为斯皮尔伯格基金录的关于施图特霍夫的光盘。几分钟之后,她一脸抱歉地看着我:

"我心跳得厉害,我害怕听见自己说话。"

我们就关了电视。

她解释说:

"斯皮尔伯格基金采访我的那个人当时很惊讶:'您提起犹太隔离区和集中营就像摆事实一样,并不抱怨。'要知道立陶宛犹太人和德国犹太人是些知识分子,不像波兰人一样动不动就发牢骚,成天唉声叹气。"

米丽娅姆问我:

"该轮到我问你一个私人问题了,可以吗?"

"当然可以。"

"你有喜欢的人吗?"

"我不知道他是不是像我喜欢他那样喜欢我。"

"你怎么能说出这种傻话来!"

我调查了两年，访问了米丽娅姆，逐渐了解了科夫诺犹太隔离区发生的事情，找到了些克卢加的信息。但莎乐美、瑞雅、玛莎在做生死抉择那一刻是怎样的，我还是什么也不知道。我迟迟没去耶路撒冷找玛莎的女儿吉拉。我问了皮埃尔舅舅同样的问题，他知道的也不比我多。莎乐美在战争中去世了，瑞雅一九五一年死于癌症，玛莎在一九六五年离开人世。"瑞雅感情丰富，待人亲热，但不夸张(……)玛莎则是优雅的化身。"在《我父亲的自传》里，皮埃尔这样描写瑞雅："别人的无忧无虑让我感到不自在，但到了她身上我却可以很好地接受。她的无忧无虑隐约有种女性特质，让你觉得不用太较真。她的笑容让人快活，因为她从心底知道生活是怎么回事：既然可能发生最坏的事，就不该忧郁。"

而我一直有意地回避这件最坏的事。

二〇一一年一月，我找到了一个去以色列的借口：有报道说巴勒斯坦地区（约旦河西岸）经济和旅游业快速发展。我借机去看吉拉，她是外祖母的姐姐玛莎的女儿。吉拉是作家、诗人，还是文学老师。她很美，身材修长，她六十岁了却显得比实际年龄小十岁。她走路说话很快，但有时会慢下来，停下，别人说不准她接下来会哭还是会笑。跟爱莲娜一样，她从不抱怨。她刚做了乳腺癌手术，轻描淡写地说："嗷，就是个小瘤子，大家都特别照顾我。"我坚持问她感觉怎么样。"我好极了，来耶路撒冷看我吧，能见到你我很高兴，我会把一切讲给你听。"

"但提起这些不会让你太难过吗？"

"不，不会的，谈谈莎乐美、卡尔曼、瑞雅和我母亲，这反倒对我有好处。"

耶路撒冷的天气是温和的。有两年没有袭击事件了。到的第一天晚上，我们在市里新开的一家餐厅吃饭。吉拉一知道我终于要来了就订好了位子。餐厅墙上像纽约地铁里一样贴着瓷砖。女服务员非常漂亮，步伐有条不紊，自然地露出高傲的神气。她们穿着浅色T恤衫和真皮芭蕾便鞋，搭配着粉色的衣带。我和吉拉聊了几句她们的穿着，然后做好准备谈起了莎乐美、卡尔曼、瑞雅、玛莎、金达和爱莲娜。

吉拉和我两个人聊了很久,从嘈杂的餐厅一直聊到她在耶路撒冷家里的客厅。第二天,在老城的街上,在商贸中心的过道上,就连我吃炸鹰嘴豆丸子把酱沾在下巴上时,也还跟吉拉继续聊。在以色列犹太大屠杀纪念馆,我看见一些儿童的照片,其中有一个看着很像我找的莎乐美。我转过身,吉拉指给我一张画像,作者是艺术家约瑟夫·史列辛格,他曾在犹太隔离区工作。画上标着:纳胡姆·吉尔索维斯,一九四三。那时纳胡姆还没被选去劳动营。他是科夫诺犹太复国主义运动的领头人之一,在隔离区负责分配住房。他是隔离区犹太议会的一员,要跟立陶宛士兵还有德国官员协商出入证和粮食供给的问题。在一九四三年这幅画上,他穿着正装打着领带,胡子刮过了,已经秃顶的头发梳得整整齐齐。几个月之后他就被送到达豪集中营了。我和吉拉在电影资料馆的咖啡厅里说话,邻桌的年轻人听见了,站起来介绍自己。他叫法提·卡塔,他的法语没有一点儿毛病。"我在法国上过学。"他信基督教,是伯利恒的巴勒斯坦人。"你们能理解吗?为什么以色列政府在城市里面建起城墙和出入检查站?犹太人当初吃过这种苦头,现在又反过来用这种方式伤害别人。"

吉拉问:"你在耶路撒冷工作?"

"对,我开了一家运输公司,和一些在耶路撒冷定居的以色列人一起工作。只有五百名巴勒斯坦人有进出以色列和巴勒斯坦的永久许可,我是其中一个。"

"那中间进行得顺利吗?"

"嗯,说不定什么样。进耶路撒冷的检查站,要看看守士兵的心情。或许五分钟,或许四个小时。我和以色列客户还有供应商关系有时还不错,基本是互相信任的,但更多时候我能感觉到他们是带着优越感屈就我这个他们眼里的二等公民。"

我们回到纪念馆停车场重新启动了汽车,一出犹太大屠杀纪念馆,吉拉就又打开了话匣子。

"小的时候,我什么都想知道,总问问题,还一点一点地学些俄语和意第绪语,想听懂我父母的谈话。每周六,他们会和朋友聚在一起,说'拉加',说'阿克凶'。我在词典里找,'拉加'意思是集中营,'阿克凶'是筛选。我父母还听一个以色列的寻亲广播栏目。当听到一个亲戚或爱人的姓名时,人们是有多高兴啊!有时广播的名字让人厌恶,那是集中营犹太看守的名字。一天我在同学的生日派对上,爸爸直接进到我同学的客厅里找我,神情像石头一样。回来的路上他对我说:'你同学的爸爸,那家伙原来在达豪集中营做过看守。'在我们家的相册里有父亲带着两个小姑娘的照片,还有母亲和另外一个男人抱着一个小男孩的照片。我成年礼那天晚上,你外祖母在德国的一个表亲跟我说:'你现在长大了,如果你想知道什么,我把一切都告诉你。'他给我看了父亲和那两个小姑娘的照片。她们分别叫莉莉和阿达。'你看,她们长得跟你很像。她们是你父亲战前的孩子。她们去世了。在这儿，这是你母亲的孩子卡尔曼，还有她的第一任丈夫。'他的话让我很震惊，我嫉妒这些孩子，嫉妒我父母战前在欧洲拥有的美好生活，因为这段生活里没有我。特别是在欧洲这个我一直梦想的地方。和所有孩子一样，我不能明白为什么爸爸妈妈在我之前拥有另一段生活。在我的想象中，这段生活是我们现在生活的副本，是段美好却被突然打断的生活。我无法理解，这段生活、这些孩子会比我们现在好吗？我母亲的第一任丈夫比我父亲好吗？父亲的前妻还有那两个女儿也比我们好？至少她们肯定从不闯祸，永远都那么乖。"

我跟吉拉讲了一件和她相似的事。在来特拉维夫的飞机上我看了法国大作家安妮·埃尔诺的书，读了她给姐姐写的信。和吉拉一样，安妮·埃尔诺也是偶然听母亲和女邻居聊天时知道她父母在她之前还有一个女儿。那个女孩得胸膜炎去世了。安妮·埃尔诺有着同样的不安，另一个女儿可能比她听话得多，但要不是她去世了，自己可能就不会出生。

"对，你这个法国作家和我的感觉是一样的。我两个姐姐要是没去世，我可能不会出生。"

和米丽娅姆几个月前在美国说的一样，吉拉建议说："在告诉你战争时家里经历的事情之前，我应该跟你讲讲以前他们在波尼威治的生活有多美好。你外祖母和我母亲谈起这段生活，就像那是消失了的天堂一样。你外祖父辛卡来自敖德萨。敖德萨的犹太人在人们眼里近似贵族，他们能流利地讲俄语、英语和法语。他们还讲究品位、风格、优雅和性感。现在我眼前还能浮现出辛卡吸烟的样子，我小时候他摸我头的样子，还能看见他精致考究的衣服。立陶宛的犹太家庭都很虔诚，道德感很强。你曾外祖父母玛丽和卡尔曼是自由开放派的犹太人，有教养也很虔诚。每年夏天玛丽都去捷克的卡罗维发利疗养。在跟卡尔曼结婚之前，她曾经喜欢过自己的表兄，但她父母不同意她嫁给这么近的亲戚。我们猜她每年去疗养村是为了找这个表亲。她是个'离经叛道'的人，她更像敖德萨人，而不是立陶宛人。她所有女儿都上了学。你外祖母金达最聪明，她去了巴黎学医学，我母亲玛莎和弟弟纳胡姆一样在科夫诺大学学法律，瑞雅学的是钢琴。纳胡姆是芭芭拉犹太复国组织的创始人之一。他们一家人都喜欢跳舞，谈情，放声大笑。一天晚上，大概是一九三〇年，他们一起去了一个舞会。我母亲跟她弟弟纳胡姆说：'看那个帅气小伙子，你能去邀请他的舞伴跳舞吗？这样我就能和她的护花使者跳华尔兹了。'纳胡姆邀请了那个女人，然后爱上了她。他们漫长而痛苦的恋情一直保持到战争爆发。纳胡姆也一样，他更像敖德萨人，而不是立陶宛人。我母亲玛莎深深地爱上尤利·布隆伯格，他是名医生。他们结婚了。在一次庆祝会上，她和大卫目光碰到了一起，战争过后大卫成了她的第二任丈夫。当时大卫问瑞雅：'你觉得我可以请玛莎跳舞吗？'瑞雅回答说：'不行，太迟了，她已经结婚了，而且

很爱她的丈夫。'

"一九三九年玛莎和尤利生了一个孩子,他们给他取名叫卡尔曼,为的是纪念心脏病去世的卡尔曼,你的曾外祖父。瑞雅嫁给了马克斯·伯恩斯坦,马克斯为瑞雅着迷,但瑞雅最爱的,却是他们的女儿莎乐美。"

"皮埃尔跟我说过,我外祖父母金达和辛卡在一九三五年和一九三八年曾经坐火车穿过纳粹德国去看他们,还劝他们到法国来,可是没劝动。"

"是啊,他们乐观地认为不会有坏事降到他们头上。甚至战后他们身上这点也没变,他们相信或者能让孩子们相信,未来一定会更好。你可能觉得我太感情用事,但我真的相信是他们之间互相的爱救了他们。在科夫诺犹太隔离区,米丽娅姆来帮他们家住另一个隔离区的表亲送信时,纳胡姆爱上了她。她棕色的皮肤,勿忘我花一样蓝色的眼睛,实在让人着迷。你知道其中的故事吗?"

"我知道。纳胡姆怕米丽娅姆嫌他老,把自己年龄少说了八岁。他们在犹太隔离区第一次见面,十五天之后就结婚了。米丽娅姆十八岁,纳胡姆三十六岁。你知道菲伊跟我说了什么吗?简直不敢相信,米丽娅姆一直不知道丈夫谎报了年龄。菲伊也知道,除了米丽娅姆所有人都知道。菲伊怕跟她说了她会伤心,她太爱纳胡姆了。"

"你知道瑞雅和玛莎是怎么躲过被选到右边的吗?米丽娅姆告诉你了吗?"

"没有,她说她在队里离她们太远,什么也没看见。"

"她是不敢说,你是两个孩子的母亲,她可能觉得你会很震惊,会不理解。我呢却认为你应该知道,瑞雅和玛莎是经历怎样的抉择之后活下来的。

"科夫诺的筛选一轮接着一轮,直到一九四四年针对儿童、老人和病人的筛选之后,犹太隔离区被彻底清空了。其中规模最大的一次是在一九四一年十月二十八日。通过这些行动,纳粹从犹太隔离区选出人来送到强制劳动营(拉加),被认为没有劳动能力的人则被杀死了。犹太人明白这一点,要想有机会活下去,无论如何要让筛选的人认为自己能干活儿。纳粹的人不会把母亲和孩子分开,母子要一起被处决。瑞安和玛莎在犹太隔离区里带着孩子,她们知道自己被判了死刑,只是在等着行刑。她们七十岁的母亲玛丽和孩子们会一起死掉。只有她们的丈夫还有纳胡姆有机会走出去。一九四三年十月二十六日,二千八百名犹太人一个接一个地在民众广场上排起了队。你曾外祖母玛丽、瑞雅和马克斯带着他们的女儿莎乐美,玛莎怀里抱着年幼的儿子卡尔曼,和她的丈夫尤利排在一起。

"一名纳粹长官负责挑出谁能工作,谁要被处决,被指到左边是生,指到右边是死。当他们排到长官面前时,玛丽从玛莎怀里抱过小卡尔曼,从瑞雅手里拉过莎乐美,就这样带着外孙和外孙女走向了死亡。

"玛丽的两个女儿玛莎和瑞雅接受了离开自己的孩子并活下去,她们在去往劳动营的队伍里聚在了一起。就这样你的曾外祖母救了她的两个女儿,而她的女儿接受了她的拯救。

"母亲和姨妈离开了自己的孩子，继续活下去。我常常想我母亲和姨妈做的这个选择。我相信她们心里还存着一丝希望，天下所有母亲都有这种希望，她们的孩子不会死在她们之前。她们同意离开孩子出发，因为她们希望会发生奇迹，莎乐美和卡尔曼还能活下来。"

吉拉的讲述写到这里，我不得不停下，因为我的生活被搅乱了。

她们怎么能接受呢？怎么能接受？

瑞雅牵着莎乐美或者是抱着她，玛莎抱着年幼的儿子卡尔曼，我儿子小的时候，每到一个陌生的地方，我也是这样把他紧紧抱在怀里。玛莎和瑞雅什么也决定不了，只是浑浑噩噩地幸存了下来，玛丽替她们做了选择。她两个女儿还不到三十，她们应该活下去，生孩子，建造未来。

玛莎和瑞雅被运走，幸存了下来，她们重新结婚、生子。这些事情无法用语言表达，我们不敢问自己："要是我的话，我该怎么办？"

我的孩子们出生之后，我就感到了这个诅咒。在他们身上既有生命也有死亡。我不得不忍受这个事实，我的孩子可能会死掉，那样我的生活也会被摔得粉碎。

我记得米丽娅姆给我讲了这样一个故事。当时，我觉得这个故事很奇怪，就没有把它写下来。在科夫诺犹太隔离区，一个女人为了能被送到劳动营，把自己的孩子托付给了一个年纪很大的女邻居。她知道和孩子在一起的话，她一点活下去的机会也没有。犹太隔离区的人们议论纷纷。

一些女人很愤怒，还辱骂她，另一些不说话只是哭，也有非常少的几个人安慰她。米丽娅姆记得很清楚,这个女人回应那些指责她不跟孩子一起走的人说:"我想活下去。"她反复地说这一句话:"我想活下去。"

一下子,我意识到我的那些问题——她们怎么会接受,怎么能继续生存下去,都毫无意义。

一直来纠缠着我的罪恶感不见了。离开孩子继续生活还是和他们一起去死?面对这个问题,瑞雅和玛莎选择活下去,并且要全身心地活着。她们的答案支撑着我,我想知道一切。

一周之后我知道了是谁把莎乐美、卡尔曼和他们的外祖母玛丽指向了死亡，知道了进行筛选的广场是什么样子。我听说了一张照片，并看到了它，上面是一个矿场。瑞雅和玛莎曾在那个矿场不见天日地工作了两年，一心只想着生存。我还知道第九堡垒的刽子手和管理犹太隔离区的立陶宛人是什么样子。

英国历史学家马丁·吉尔伯特做了一个关于科夫诺犹太隔离区的纪录片。他拍摄了进行筛选的民主广场，还召集幸存的犹太隔离区居民做证词。

纪录片里，方形的民主广场一片惨淡，被几座砖砌的小建筑围着。地上铺了些石板，还有几丛草，远处看着像有一片足球场。

马丁·吉尔伯特采访的男人女人和我外祖母还有纳胡姆相似。他们一脸温和地谈着在广场等待和大人孩子们哭喊的时日，嗓音带着沙哑。纪录片里他们说起负责筛选的长官的名字，他用手一指就决定谁能去左边，到劳动营干活儿，谁去右边，如果没死在第九堡垒之后就会死在奥斯维辛。这个人叫赫尔穆特·罗加。有一个女人讲述他是如何指挥一九四一年十月二十七日、二十八日这场大筛选的。这个肥胖的纳粹党人，长着一副衰老了的婴儿脸，眼神冷漠，穿着滴水不透的黑皮大衣，一边吃着三明治喝着东西，一边用戴着手套的手往左指，往右指。筛选从早上六点开始。一九四一年十月二十七日和二十八日，两天的时间，他把二千零七名男子、二千九百二十名妇女和四千二百七十三名儿童送去了右边——历史学家马丁·吉尔伯特精确地记录道。当天九千二百人死在十几名第三特别行动队成员和立陶宛行刑人的枪口下。

我用几秒钟在网上找到了赫尔穆特·罗加的生平，他是科夫诺犹太隔离区筛选的负责人。

赫尔穆特·罗加是纳粹党卫队的中士，来自工人阶层，一九〇八年出生在德国福特兰德，一九二八年进入了警察组织。一九三一年加入纳粹党之后，一九三六年盖世太保成立时就成了其中一员。战争爆发时，他在负责清除波罗的海地区犹太人的别动队得到了上士军衔。

战后他被美军控制，在卡尔斯鲁厄军医院住了一段时间，然后被释放了。一九五〇年，一家加拿大基督徒协会对他提供难民救助，帮他移民到加拿大，并在一九五六年获得了国籍。在那儿他做工人后来开了家旅馆。一九六一年九月二十一日法兰克福检察官根据他在科夫诺清除犹太人的责任对他发出逮捕令。七十年代初加拿大当局得知赫尔穆特·罗加在他们的境内。一九八二年他在多伦多家中被逮捕。逮捕令上写明他是一九四一年八月十八日到一九四三年十二月二十四日期间一万一千五百八十四名犹太人死亡的责任人。一九八三年三月他在联邦德国受到审判,几个月之后因为癌症去世。

亚伯拉罕·托利是犹太隔离区议会的秘书,在他的日记里我找到了雇米丽娅姆工作的指挥官的信息。阿尔弗雷德·恩波姆是犹太隔离区警察的指挥官。一九六二年他在德国威斯巴登被审判。法庭认为没有足够的证据对他定罪。他的管家曾对米丽娅姆说"我宁愿杀了你",我没有找到他的消息。历史学家迈克尔·普拉然在他关于别动队的纪录片里采访了立陶宛人阿尔吉曼塔斯·戴利德。纳粹把科夫诺第九堡垒的屠杀任务交给立陶宛民族主义者。阿尔吉曼塔斯·戴利德是立陶宛警察局的人,他负责控制犹太隔离区人员出入,只杀试图逃窜的人。他现在生活在德国小镇基希贝格,以前这里也是纳粹城市。他坐在过时的皮沙发上,头倚着靠垫,垫子上用英文绣着:有个好爷爷,不用圣诞节。他看上去是一个好爷爷,圆脸方框眼镜,说话声音又平静又显得吃惊。战后他逃到了美国,他的名字被写进了西蒙·维森塔尔中心的纳粹重要罪犯追缉名单。阿尔吉曼塔斯·戴利德为纳粹列了一些名单,上面写着应该被清除的科夫诺犹太人和相关人员。

他用吃惊的语气肯定道:"我不知道这些名单是用来干什么的。"

迈克尔·普拉然也采访了立陶宛枪手约扎斯·亚力克希纳斯,他负责处决科夫诺犹太隔离区的犹太人。是的,他承认杀害过儿童,但他强调是一枪毙命,为了避免他们痛苦。约扎斯·亚力克希纳斯说话时也是平静的。"母亲们把孩子抱在怀里，我们先杀死母亲再杀孩子，为了不让母亲们看着自己的孩子死去。年纪最大的孩子明白他们的命运。年纪小的还手脚并用地爬到沟里找自己的家人。要向胸口开枪，如果不被一下击毙，他们会被一个接一个倒在他们身上的尸体压到窒息而死。"

一九四三年纳粹派一群强制劳动营成员、流放犹太人和苏联囚犯组成的队伍掩埋焚烧尸体，想消除特别行动队和立陶宛刽子手的罪证。

从一九四一年到一九四三年，近三万犹太人在科夫诺第九堡垒被杀害，迈克尔·普拉然录下了堡垒的一堵墙壁，上面用英语和立陶宛语写着：一九四一年到一九四三年，此处有一些人被杀死并烧毁。一些人或者一些居民，苏联时期，大家就是这样称呼犹太人的。

我长时间以为莎乐美、卡尔曼和玛丽是在科夫诺第九堡垒被枪杀的。但从一九四二年五月以后，行刑人开始难以忍受枪杀这种手段。日复一日地用枪杀死女人、她们的孩子还有老人，心最狠的行刑人也变得神经衰弱。一九四三年十月，老人、孩子，所有在科夫诺被指向死亡的人都被运往奥斯维辛。玛丽、莎乐美和卡尔曼在奥斯维辛被毒气毒死。

"维尔纽斯犹太隔离区纪事"网站是针对关押立陶宛犹太人集中营的专门网站。网上有克卢加集中营的照片。从上面可以看到一些树干和连片的尸体。纳粹企图消除所有罪迹，他们杀死还活着的人并烧毁他们的尸体。网站上还有一张页岩沥青场的照片，下面的文字具体写着战争期间矿场雇用了克卢加营的囚徒。吉拉所说的"涩勒矿"（盐矿）实际上是英语的"沙勒矿"，是页岩矿，叫基维厄利。照片上能看见两个山洞，还有铁轨道。瑞雅和玛莎就是在这儿度过了将近两年的时间。

我想知道一切。

我的表兄约阿夫在内盖夫沙漠的基布兹[①]生活。他父亲就是把一切都告诉吉拉的那个了不起的叔叔。他告诉吉拉为什么她母亲和姨妈在战争前有过孩子，告诉她这些孩子都去世了，还告诉她玛莎和瑞雅是如何选择了活下来。我想知道一切，但我更愿意在特拉维夫希尔顿酒店的泳池边度过下午，而不是走两个小时的路去见约阿夫。吉拉的话鼓励了我。

"享受阳光吧，要知道瑞雅和玛莎也是这样，她们最喜欢穿着泳衣晒太阳。"

约阿夫是作家、翻译家。是他把皮埃尔的《我父亲的自传》翻成了希伯来语。约阿夫少年时在一场火灾里毁了容。其实他已经出来了，但又回着火的屋子里去救困住了的人。他的脸被烧化了，不管是我小时候还是现在，甚至

---

[①] 犹太社区。

当我按他的建议写下"他的脸被烧化了"时,我都不这么觉得。约阿夫就是这样,人们和他在一起不会尴尬也不会觉得他可怜,而是会对他的智慧和亲切着迷。约阿夫就是约阿夫。他旅行,参加译者论坛,开自动挡汽车,法语和英语都讲得极好。他为人热情,对我最莽撞的问题也会解答,还提出自己来希尔顿酒店找我。

"玛莎和瑞雅一天工作十四小时,她们能正常吃到饭,因为她们能卖力气干活儿。她们给炮弹里填火药。她们有机会在圣诞节那天出去一次,见见太阳。她们在矿里待了近两年。她们一直觉得自己很幸运,没被送去灭绝营,她们的工作能力和好身体救了她们。在矿里,瑞雅和玛莎只怕一件事:生病,被传染上斑疹伤寒。她们认为她们得救不是因为比别人更机灵,而是比别人运气好。说她们运气好,是因为释放她们的是美军而不是苏军,不然她们会被送到更东边的地方去。跟集中营里其他很多人一样,一九四五年开春时,她们被迫由一些德国士兵带领着长途跋涉。拖着的会被士兵开枪打死。当时还下着雪,她们在冻冰的地上睡觉。一天夜里她们听见枪声越来越近。她们觉得:'完了,他们要把我们都杀了。'早上到了,她们还活着,而士兵们不见了。后来她们上了火车,不知道要去哪儿。和她们一起的还有另一个叫迪娜·特拉克曼的亲戚。战后这个亲戚去了美国生活。在纽约她过得很痛苦,从不出门,好像把两年的矿场生活复制了过来。而瑞雅和玛莎从不向后看,班尼出生了,然后是米莉和吉拉。她们是我见过的最好看的小姑娘,所有人都喜欢她们。她们的母亲玛莎,是我遇到的最慷慨最欢乐的人。我十一岁时她送给我一本希腊神话的书,这本书我一直留着,你想要的话我就送给你。"

第二天我又找到吉拉，急着问她问题。她知道母亲和姨妈的选择时是十六岁，她是怎么反应的？

她说自己松了一口气。在那之后的日子，她永远选择生活，一有机会就给自己找乐子。

我要把她的话重复下去，告诉身边所有人，瑞雅和玛莎选择了生，她们是对的，没什么要被指责的。我要告诉爱莲娜和金达，即便她们已经去世，也要让她们知道这一点并得到安息。吉拉继续讲。

"瑞雅和玛莎再也没有选择了，她们必须活下来。如果她们死了，她们离开孩子的选择就没有了意义。在集中营定期有检查，评估她们的劳动能力。玛莎更壮一些，她把手指刺破滴出血来抹在妹妹和自己的脸上，好让她们看上去脸色不错。美军救了她们，把她们送到维也纳，终于在那里她们被美国犹太委员会收留。那时她们只想着一件事，那就是洗个澡。她们去了一家公共澡堂。开澡堂的老板娘见到她们说：'什么，你们这些犹太人还活着？我以为你们早就全被解决掉了呢。'玛莎往她脸上啐了一口吐沫，瑞雅给了她一耳光，这个维也纳老女人一下坐到了椅子上。她们像胜利者一样进了热腾腾的浴池。她们从维也纳被送到了慕尼黑的中转营，在那儿她们遇到了弟弟纳胡姆。他简直不敢相信，在劳动营过来三年之后，居然看见姐姐们出现在眼前，两个人结结实实，穿着宽大的美军大衣。好几个月纳胡姆都在找他的米丽娅姆，他的美人，他在隔离区时娶的妻子。他向从他面前过的每一个人打听，您见过米丽娅姆·吉尔索维斯吗？她在哪个营？她活下来了吗？在他到慕尼黑的那天，一个也被关入集中营的人告诉他：'纳胡姆，我有个坏消息，米丽娅姆死了。'在这个消息半小时之后，纳胡姆看见他的美人正在慕尼黑的街上散步。还有另外一个他们重聚的说法：一个周五下午，纳胡姆先是收到一封与米丽娅姆同一个集中营的女伴的来信，信里表达了对米丽娅姆的吊唁，说米丽娅姆死在了她面前。于是大家组织了一场犹太教仪式。为死者的祈祷才开始，另一个从集中营出来的人打断了纳胡姆说：'你妻子还活着，她刚到慕尼黑。'你外祖母金达在法国那边费尽力气搜罗家人的消息。重聚在一起太不容易了。她一得到消息就到慕尼黑看他们，她知道了她母亲、外甥卡尔曼、外甥女莎乐美还有姐夫尤利和马克斯去世的消息。玛莎、瑞雅、纳胡姆告诉她劳动营是什么样。瑞雅和玛莎如何把孩子留给母亲玛丽，如何幸存下来，她们说出了一切。金达向我承认说从慕尼黑回来之后，她因为受到太大刺激病倒了，在床上躺了一年才有好转。"

吉拉从她包里拿出一个信封。里面是一张照片，一九四六年在慕尼黑拍的。这是家人重聚的照片。里面有金达、纳胡姆、米丽娅姆、瑞雅和玛莎。除了表情凝重之外，看不出什么。他们仍然那么优雅，女士们穿着裙装，浅色上衣，棕色的头发挽成发髻。

"几个月之后我母亲邂逅了我父亲。"吉拉说道。在玛莎去卡罗维发利疗养的火车上，玛莎坐在大卫前面，十年前他们在科夫诺的一次庆祝活动上遇见过。她邀请他一起吃饭。大卫问玛莎："你对未来有什么打算？要回慕尼黑生活吗？"玛莎变得很激动："我要去巴勒斯坦生活。"他回答说："好主意。"一个月之后他们结婚了。从集中营走出来两年之后瑞雅和玛莎都又结了婚有了孩子。一九四八年玛莎和大卫、瑞雅和埃利带着他们的新生儿到了以色列生活。两年之后吉拉在特拉维夫出生。

"在以色列，一切都要从头做起。她们就是这样做的。我一次也没听到过我的母亲或瑞雅抱怨，她们满是想法和热情，实现着自己的计划。然而五十年代时，这里的生活是艰辛的。在出发到以色列前，我父亲大卫让人给自己做了一套很精致的亚麻正装，好在到达特拉维夫时穿。结果他一次也没用着。到达之后头几个月，天下着雨，很冷，他们睡在帐篷底下。他们身上有一种力量，他们又一次爱上了彼此，从零做起。没有和孩子一起死去的选择和母亲牺牲的重担压在瑞雅和玛莎身上。在生活中的每一天她们都证明着活下去的选择是正确的。当她们在爱沙尼亚的劳动营时，当她们生活被摧毁时，她们还用血在脸上化妆。战争过后，我母亲拾起了法律专业。后来她被任命为法官，她的法庭离家有八十多公里。她没坚持太久。她问自己，我今后的人生里想做什么呢？她去上了图书管理员培训课。她学习到很晚。她写诗，书是她的庇护所。玛莎和金达一直无法忍受自怜自艾的人。不要以为这是她们心狠，有个好理由觉得自己可怜还不容易，但我们也可以创造环境。在战争的年头里她们保持沉默，不停地谈论未来。做什么？怎么帮忙？当你外祖母金达知道我们中学没有图书馆时，她拉到一些资金，找人设计图纸和馆内设施。我们搬入的城市叫海尔兹利亚，市中学多亏了金达才有了一座图书馆。我还记得开馆典礼时我那种惊奇的感觉。每个学生都有单独的书桌，上面有荧光管小台灯照明。那是我第一次见到荧光灯，我觉得它特别现代。"

"但是，当你知道莎乐美，知道你母亲选择不跟她的小儿子一起死去的时候，你跟玛莎说了吗？"

"和母亲，我们本来无话不说，我跟她讲知心话，她时时刻刻鼓励我，但是犹太隔离区、卡尔曼、母亲的第一任丈夫尤利、流放和集中营这些东西，我们从来不谈。我十八岁那年母亲去世了，从那时起我没有一天不在想念她。她是我的榜样。我会问自己：'如果她是我的话会怎么做？'她永远开心、慷慨、乐观、待人热情。瑞雅和埃利的儿子班尼一九四八年在慕尼黑出生。一九五一年瑞雅去世，埃利自己一个人抚养儿子。他完全不知道怎么办。他是一个跟机器电线打交道的学者，很受学生欢迎。他不会做饭，只知道给孩子买糖果。于是我母亲就给他们做饭，假期时照顾班尼。我十八岁母亲去世之后，就轮到你外祖母来照顾我们。但她住在巴黎，我们在海尔兹利亚。你父母太年轻就去世了,那时我们和你一样,觉得自己在这个世上孤零零的。我觉得出你外祖母把我们当做无价宝一样。我隐约猜得到,她这么做是要继续瑞雅和玛莎对生活、孩子和未来的选择。她每周都给我们写信,就像她一生和姐妹们做的一样。她给瑞雅和玛莎写信用俄语和意第绪语,给我们写用英语和希伯来语。为了跟我们通信,她学了英语和希伯来语。她每年来看我们两回。她邀请我到她在巴黎圣米歇尔街的公寓去,那时我十九岁,她教我要好好生活。她教给我她生活的准则:'即便一个人的时候,你也要注意自己。当你单独吃饭时,铺上漂亮的桌布,摆齐餐具,做一顿美味的菜,再给自己倒一点葡萄酒。吃的时候听点音乐,不要开收音机。保持穿着优雅,妆不要化得太浓。出门戴首饰的时候,胸针、戒指、手镯要摘下一件。简单点比过头好。家里要永远有鲜花。不要不好意思一个人去咖啡馆露天座喝东西、去电影院或是剧院。别因为自己一个人感到悲哀。趁热喝咖啡,享受电影的幽默,要看书,有能力的话写点东西,写信,写诗,愿意的话可以写书。别总想着你没有的东西。'到今天我已经结婚有了三个孩子,但我还会按这些建议做事。我会保证家里一切都是美的,还会写诗。但是,我的小外甥女,你从巴黎来,还这么优雅,别看我的指甲,我还没时间打理。你外祖母教我好好生活。而你呢,人又优雅又漂亮,是个真正的巴黎女郎,只不过心里有些苦衷。要享受生活的每一个瞬间。我们现在在这个花园里,好好品尝你的茶,享受吧,愿意的话再加些糖。我亲爱的巴黎姑娘，听我说，你充满活力，不要放走任何享受乐趣的机会。你那么喜欢那个男孩儿，打电话给他呀。"

"我害怕又一次什么都没有了。我连去波尼威治和科夫诺的勇气都没有。"

"别去那儿。我去过波尼威治，想看看家里的老房子。房子原来在的地方建了一个很丑的体育场。小城里没有什么东西让人想起曾经在那儿存在了几个世纪后来被摧毁了的犹太社区。和皮埃尔一样，苏联解体之后我也去咨询了是否能把这座房子和我父亲的房子收回来，我得到的回答是：根本不可能。因为我们不再是立陶宛公民了。那儿再没什么让我们挂念了。"

吉拉讲着，我做着记录，她的声音没变，我都没发现她的眼泪顺着脸颊流了下来。她对我说："没什么。"然后拿起手帕擦掉了泪水。她为我之后的旅程担心。我要去约旦河西岸。"你真的要在拉姆安拉过夜？你会告诉他们你是犹太人吗？"

第二天晚上，我从拉姆安拉瑞享酒店给吉拉打电话，跟她讲我在披萨店里吃晚餐，在时尚咖啡厅喝了一杯，看见了穿迷你裙的姑娘，还说巴勒斯坦人又友善又好奇地看我。我没告诉她我参观了萨卡基尼文化中心。经理带我参观了马哈茂德·达尔维什的办公室，他见证了最近一次暴动，看到了以色列士兵如何捣毁老墙，把诗人的书扔到地上，在上面尿尿。

吉拉提前告诉班尼我到了而且想见他。班尼是瑞雅的儿子。我们定在海法见面，以色列人和巴勒斯坦人共同居住在这座美丽的海滨城市。最近一次见班尼时十二岁，那时我第一次来以色列。我当时很吃惊："这儿住的所有人都是犹太人？"我好奇地看着他们，有各种人，流动三明治摊贩，公交售票员，还有酒店招待员。在法国，所有我认识的犹太人都是医生、心理分析师或者大学教师，人人消沉，爱吃炸鱼丸，嘲笑所有非犹太人，每五分钟用一次"犹太""集中营"这种词，不然就没法继续跟人对话。他们焦虑，慌张，尖酸，想和所有女孩儿睡觉，做饭极差，干果泥、填馅儿鲤鱼、乏味的鲱鱼，他们脸色不好总是便秘，对此喋喋不休地抱怨，好像这是个有意思、能让人打起精神的话题。他们为毫无意义的事情沮丧，他们不幸，孤独，悲观，十年的分析，没有一点结果，你没提前预订，电影院要没地方了，餐厅要没地方了，没火车票了，酒店住满了，他们身体僵硬，不会表达情感，不会夸奖别人，厌恶全世界，特别是他们的儿媳，看不起地中海犹太人，总觉得天太冷，从不出门，也不说话，觉得自己有罪，有时很滑稽，还害怕一切。

我的朋友卡罗琳二十岁的时候发现自己对她的犹太朋

友们来说属于"高伊"这一类,我现在还记得她震惊的样子。

瑞雅的儿子班尼住在海法郊区,他请我到餐厅吃饭时,和他妻子一起吃一道主菜,他对我说:

"我们在控制饮食。"

我做出一副相信的样子。

班尼留着胡子,灰色的长发梳成马尾辫,穿着宽松的浅褐色无领衬衫。班尼是做广告礼品的,他从袋子里拿出各种颜色的塑料笔,紫的、红的、绿的、亮蓝的,还有带太阳能计算器的本子,带合金扣的钥匙包,和一个小手电。

"这是给你和孩子们的。"

他妻子充满爱意地看着他把所有礼物拿出来,赞叹说:

"班尼简直是圣诞老人。"

他温柔地看着他的妻子,然后微微笑了,妻子的爱意让他有些不好意思。他和他姐姐莎乐美一样有着机灵的眼睛。班尼本来一直不知道他母亲战前有个小女儿叫莎乐美,也不知道他母亲选择活下去。他五岁时母亲去世了。直到二〇〇三年我女儿出生几个月之后他才知道自己有个战时去世了的姐姐。当我的莎乐美出生时,吉拉给班尼打了通电话,告诉他这个在法国巴黎十六区出生的小姑娘和他从没听说过的姐姐有同一个名字。

班尼给我讲他父亲埃利的故事。我舅舅皮埃尔非常喜欢他,说他是自己"见过的最有魅力最有趣的男人"。埃利在战前有两个孩子,一个儿子、一个女儿。女儿名叫舒拉米特。在维尔纽斯筛选那天,她有十四岁了,几乎可以被当做成人,所以有希望被分到左边,去劳动营。埃利给她找了一身男人衣服,把她扮成年轻小伙子的模样,祈祷她可以被当成一名年轻工人。而对才八岁的儿子,他什么办法也没有。舒拉米特穿着对她来说太大的衣服和父亲在队里等着筛选。一位母亲抱着几个月大的孩子在她前面。孩子是在犹太隔离区出生的。隔离区里禁止生孩子,但这种事还是时有发生。班尼不知道这孩子是男是女,舒拉米特夺过婴儿,和自己的弟弟出现在筛选者面前。筛选的人把有工作能力的人选去一边,把母亲和孩子选去另一边。舒拉米特就这样让自己被当成母亲,抱着婴儿和弟弟一起被杀死了。婴儿真正的母亲得救了。

班尼继续说:

"这不是一个特殊的例子,很多青少年都这样做了,他们牺牲了自己去救那些母亲。"

救那些想活下去的母亲。

这些母亲想活下去,她们是怎样的母亲呢?深情又温柔,忧虑又压抑?孩子坐旋转木马时,她们会和我一样觉得木马花了太长时间才转回来吗?

我儿子出世时,夜里我会检查他是否还活着。我打开他的房间,害怕我的人生就要垮了。我掀起小被子,他还是热的,心脏还在跳,十分神奇。而我过去现在一直日日夜夜反复问自己:"如果我的孩子死了,我还能继续活下去吗?"

跟玛莎和瑞雅一样,所有母亲都问自己这个问题。战后在慕尼黑,瑞雅和玛莎没有隐瞒妹妹金达,她们把真相告诉了她,告诉她她们两个是怎样选择了活下去的。

在慕尼黑,金达不评论、不评价也不惊叹。从那之后她就背负起姐姐们的痛苦,希望这样能缓解她们的悲伤。一九四六年春天她回到法国,和丈夫辛卡、十四岁的女儿爱莲娜还有九岁的儿子皮埃尔聚到了一起。她不说话。她害怕辛卡不能理解。辛卡发现去慕尼黑的旅行让妻子变了样。什么也不能提起她的兴致,她的两个孩子,就连聪明搞笑的皮埃尔也不能逗她开心。她放弃了和丈夫亲热,直到孙辈出生她才再次张开温柔的怀抱。她再也撑不住了。

战争的结束没带来什么安慰。一九四六年我母亲爱莲娜十四岁,战前她是个小姑娘的时候到立陶宛度过假,她曾把刚出生不久的莎乐美抱在怀里,亲她,逗她玩儿。金达告诉爱莲娜:"你的外祖母、表妹和表弟去世了,姨妈瑞雅和玛莎活了下来。"金达没再说别的。

爱莲娜当时正值青春期,她不理解母亲的沉默,为什么她不告诉自己她知道的事情呢?为什么不提表妹莎乐美,难道大人们一点儿也不在乎孩子们在战争中经历了什么吗?她自己惦记着莎乐美,因为没人说起她。爱莲娜不知道金达花了多大力气隐藏自己的绝望。金达和爱莲娜就这样渐行渐远,不知道她们有着相似的恐惧。爱莲娜一生都这样,隐瞒,沉默,希望厄运自己消失。莎乐美是个独一无二的小姑娘,爱莲娜以为只有自己为她的死感到痛苦。她的人生被这种痛苦禁锢着。一九九八年她第一次跟我说起莎乐美，她"什么也没留下"的表妹。母亲向我承认这个可怕的错误，莎乐美和卡尔曼在沉默中被隐藏了六十年。

二〇一一年十月十四日,我发现网上在卖七十九欧巴黎-科夫诺的往返机票。我刚付完款就发现日期不对,最后花了四百二十欧。一开始我买的票是十月二十九日到科夫诺,但我二〇一一年十月二十八日那天必须在科夫诺,那天离一九四一年十月二十八日科夫诺犹太隔离区第一次大规模筛选整整七十年。花四百二十欧我完全可以去罗马,天气预报二〇一一年十月二十八号罗马气温是二十四度。我可以穿上泳衣,给 W 发短信。但我对这个不感兴趣,我要去科夫诺,去民主广场,去勾勒着犹太隔离区轮廓的街道。出发前十二天,一切都搅在了一起,我睡不着,第九堡垒成千上万的死者,赫尔穆特·罗加,他往左往右指的手势,莎乐美·伯恩斯坦的小鼓。我和 W 度过的一晚,做爱时他反复呼唤我的名字。十月二十六日坐在开往博韦的大巴车上我想:"W 会觉得我很勇敢吗?我坐着去博韦机场的车,车上有安全带和乘务员,他会因此爱上我吗?去敖德萨的女孩儿会不会更吸引他?所有犹太人都认为那里是犹太贵族城市。或者维尔纽斯怎么样?"有一个来自维尔纽斯的家庭显得更上档次,立陶宛使馆发的旅游手册上说那里的犹太隔离区成了"城市里最有魅力、房价最高的地区,在住着艺术家的巷子里藏着众多时尚酒吧和餐厅"。

是啊，去维尔纽斯好一些。W 是我见过的最聪明最风趣的男人，他这种男人会爱上一个坐飞机去科夫诺的女人吗？如果我不是去科夫诺而是去维尔纽斯的话，他一定会爱上我。我外祖母连科夫诺人也不是，她家在波尼威治，离科夫诺有七十公里，比科夫诺还要平庸。像他这么高雅的男人，对我这种女孩一秒钟的兴趣也没有吧？或许他会想和这个女孩睡觉，但不会再有别的想法。他向我表明说，有一个女孩穿着红色泳衣读娜丁·弗雷斯科的《犹太人之死》，还把书的标题藏起来，他是会爱上这个女孩的。

　　故事在飞机上就开始了。我坐在一个立陶宛女人旁边，她五十岁上下，棕色皮肤，是很有活力的类型。她讲法语，我告诉了她我此行的原因。我讲到我外祖母，她的姐妹，还有犹太隔离区。这个女人回答说："我不向着你们说话，您这次来当然值得尊敬，但我已经受够了散居各地的犹太人不择手段地利用犹太大屠杀。"

　　我的旅行也在科夫诺省级飞机场的跑道上开始了。我们从飞机上下来，一直走到航站楼。犹太隔离区里的等级是这样的：最下层是飞机场的，被叫做机场犹太隔离区的无产阶级，最上层是政府人员和他们的家属还有警察，他们吃的住的都更好。斯洛博德卡是战前犹太隔离区最破的地方，只有小木房，没有自来水也没有电，不过还是有几栋结实的建筑，里面有套房。那儿可不是犹太隔离区无产阶级住的地方。那些最穷的人被指定去干最重的活儿，重建纳粹飞机炸毁的机场。每天工作十二小时,挖坑,平土,没有食物,冒着雪非常冷。没人愿意干机场的活儿,只能指定五千个穷人。可能他们建的是科夫诺另一个机场,然而机场这种不公平中的不公平的存在让我从飞机走向航站楼的每一步都变得沉重起来。

金达讲俄语、意第绪语、法语、希伯来语都很流利。我很佩服她。我和她一起数的时候,发现她漏了一种语言。实际上她应该会五种语言,她忘记了立陶宛语。你怎么会忘记高中毕业考用的语言呢?金达回答说,就是忘了。在她人生最后的日子,她只说俄语。当她说起儿时的城市时,她总是用意第绪语而不是立陶宛语。考纳斯叫成科夫诺,帕尼维西斯是波尼威治。家人的名字和姓氏也有两种叫法。官方档案上用的是立陶宛语,叫起来则用俄语或意第绪语。意第绪语叫吉尔索维斯,换成立陶宛语是吉尔索维修斯。金达坚持对儿子说一边是立陶宛人,另一边是犹太人。人们不会混在一起。瑞雅、玛莎、金达和纳胡姆之间用意第绪语和俄语,有时把两种混在一起用。立陶宛人会不会认为犹太人通用俄语和意第绪语是种背叛行为?对他们来说俄语是侵略者的语言。俄国人在二十世纪占领过立陶宛,在一九三九年而后在一九四五年又一次占领了"我们的灵魂,我们的语言,我们的信仰",就像科夫诺博物馆的那位年轻导游说的那样。我会有勇气坦白我这次来的原因吗?跟他们说我外祖母在立陶宛长到二十岁,却忘了这个地方的语言立陶宛语?告诉他们她是犹太人,却遵循俄国文化,她家有一只俄式茶壶,她用带柄的瓷杯喝茶,会做俄式荞麦粥,她在彻底失去"意识"之前会说的最后一门语言是俄语?俄国的东西、俄语、俄国文化都让立陶宛人感到厌恶。

我放不下心来,我不能说我是犹太人。在我出发前,朋友们给我提建议说,"别说你是犹太人","别忘了,在立陶宛百分之九十五的犹太社区都消失了,立陶宛人反犹","别一个人去"。

皮埃尔给我讲过她在科夫诺跟一些立陶宛大学老师吃饭。"整个晚上,他们回忆苏占时期的恐慌,我相信他们是发自内心的,但我还是觉得别扭。"在科夫诺,我遇到一个叫罗伯特的年轻导游,金发高个子,带着精致的眼镜。他带我参观纪念战争和苏联占领时期的第九堡垒博物馆。我放不下心来。他会跟我讲立陶宛游击队对纳粹占领的反抗,然后是对苏联的,他给我看西伯利亚劳动营的照片,八万立陶宛公民被强制送到那里,他会告诉我立陶宛人救犹太人的事迹,指给我看纪念战争受难者的混凝土雕塑,下面荒诞地写着:"此处有一些人被杀死并烧毁",好像用"犹太"这个词太过了。他还会带我看一九四三年十月第九堡垒被杀害的四十六名立陶宛反抗派知识分子的照片,立陶宛反抗者被遭送到施图特霍夫集中营的照片,战后被关入西伯利亚克拉斯诺亚尔斯克和科雷马劳动营的立陶宛官员的照片,还有一个年轻人的照片,还有他的眼镜、吉他和成绩单。一九七二年他因为抗议苏联占领"压垮我们的信仰，我们的灵魂，我们的文化，我们的语言"献出了生命。这个年轻人叫罗曼塔斯·加兰塔斯，他十九岁。对，所有这些导游都带我看了，我做笔记，我看，我听他讲，然后他对我说："我必须带您看最残忍的，最可怕的在那边。"说着他眼眶红了。年轻的金发导游罗伯特戴着金属框的眼镜，不时地为英语说得不太好道歉。他拉我到科夫诺犹太隔离区专属的展厅。一九四四年纳粹彻底摧毁了犹太隔离区，一九六三年的搜寻工作使得残存部分得见天日。第九堡垒的一间展厅里陈列着一些小孩子的鞋子，有的带绊儿，有的不带，有的应该是白色的，有的是米色的，还有大大小小的梳子、眼镜和一本封皮模糊的书。在另一个厅里展出着一些家庭的照片，有在犹太隔离区前面或者旁边照的，有战后的，还有幸存者很久之后在以色列或美国和儿孙一起拍的照片。馆里有一面墙专门纪念八百零五名"有正义感的"立陶宛人，这些公民把犹太小孩藏起来并救了他们。博物馆根据照片重塑了历史。墙上挂着被救儿童战前家庭的照片，接纳他们的养父养母的照片，还有很久之后孩子移民归来与恩人重逢的照片。在战争中几百个孩子被偷偷带出科夫诺隔离区，这些孩子都很小，还是婴儿，因为要被藏进箱子或袋子里。他们父母花钱把他们托付给立陶宛家庭。对双方来说风险都很大，对父母来说，他们可能再也见不到自己的孩子，可能永远不会知道孩子是否找到一户好人家好好照顾他们，对养父母来说，领养一个犹太孩子，如果被发现了，可能意味着死亡。年轻的立陶宛导游红着眼眶，带我去看一份一九四一年八月八日科夫诺市长和司令共同签署的立、德双语的命令。上面圈定了科夫诺犹太隔离区和界定它范围的街道，同时规定了科夫诺犹太人及其亲属的居住范围。

我把此行的原因连同外祖母，莎乐美的事情告诉了金发的导游，他提议领我见见馆长。

"对了，能不能请她把他们的名字还有照片放进博物馆里？"

"对，对，当然了，应该是可以的。"

罗伯特的眼眶还红着。馆长是一个年轻的金发姑娘。我们到管理处入口时是十二点半，她披着外套正要出去吃午饭。罗伯特和她用立陶宛语说了几句，不时看看我。她脱下外套，请我跟她到办公室去。她给我倒了一杯茶，加了块糖，说外面天太冷了。我的犹太家族原先在科夫诺几百公里外的波尼威治，她问了我几个关于我家族历史的问题，我特别注意用规范的立陶宛语而不是俄语来说家人的名字。她问我遇难者的名字和他们出生、去世的日期。她很惊讶他们躲过一九四一年十月二十八日的大规模筛选坚持到了一九四三年十月，我告诉她我舅爷是犹太隔离区政府的成员，这个身份可能帮了他们。馆长挺同意我的看法。我问她，二〇一一年十月二十八日是不是有一场纪念大筛选的仪式？对，她对我说，我们馆三十日会举办一个仪式，邀请了六十多位嘉宾，其中有犹太社团代表和耶路撒冷国际基督徒使团驻立陶宛的主任。她说这个时显得很自豪。

当时我非常高兴她举办了点什么，我用英文赞许道，太好了。她在博物馆登记簿里记下了，玛丽、莎乐美、卡尔曼的名字和大概的生卒日期，这样他们就在立陶宛留下了些东西。我简直欣喜若狂，我心想，如果母亲给我打电话，她肯定会高兴，可能还会为我感到骄傲，会亲口这样告诉我。她再不会沉默不语，她甚至会对我说：我为你骄傲。我开心得在博物馆停车场上跳了几个舞步。

在去波尼威治的路上，我高兴得像是去赴情人的约会。我就要见到瑞雅、玛莎、纳胡姆和外祖母金达幸福长大的小镇了。从科夫诺到波尼威治一路是山毛榉、桦树和带阳台的小木屋，偶尔有几头牛，不算丑的水泥房子，还有几座红砖的大教堂。我想象中的老屋是什么样呢？金达跟我说过老屋在主广场边上，苏占时期被变成党部所在地，吉拉看见那儿建成了一座体育场。我更希望能见到一座结实的木房子，再带一个门廊。波尼威治是一座现代的小镇，有些小建筑，不多的木质房屋，一家银行，一家牙医诊所，还有一家超市。皮埃尔给我发来地址，拉米加拉街3号，电话号码也给了我。吉尔索维斯是一九三二年波尼威治两百个电话用户之一。我在拉米加拉街上边走边数，没找到3号。在街角边出现《孤独星球》指南里说的广场，"夏日怡人，其他季节尽显悲伤，周围略有几个店铺和咖啡馆"，我倒觉得这里十月末挺可爱的。街和广场之间就是复古风格的市政厅，坡顶、窗户很好看。走进一个不会讲英语的保安，一只手比划着让我快点，另一只手指着一位女士，她递给我一张名片，她是市政府公共关系负责人。我把我的故事梳理了一下讲给她听，我是特意从巴黎来看外祖母出生的老房子的，我把地址给了她，拉米加拉3号。她带我进她办公室，从窗里指给我说："双号在对面，我们在街开始的地方，您外祖母的房子应该是为建我们这栋建筑被拆了。您可以把您的地址给我，我让负责城市建筑的部门把你们老屋的照片寄给您。"她给我看波尼威治以前的明信片，上面有带玻璃阳台的木屋，还有西部片里一样的店铺。我想起一个忠告："立陶宛人害怕被要求补偿他们收归国有的犹太财产，千万别提要求。"我便小心谨慎免得让人以为我想讨要市政厅占有土地的赔偿。波尼威治市政府公共关系负责人建议我到广场边喝杯咖啡，我跟她道别，去了一个茶馆，里面金发棕发的美女中学生喝着卡布奇诺吃着奶油蛋糕。这家全木装修墙上挂着画框的茶馆战前就有了。那时这里接待的是犹太人还是立陶宛人？我们不混在一起，也不来往，大家只和自己人在一起，我外祖母金达这样说。现在，波尼威治百分之九十六的人是立陶宛人。

科夫诺第一次大筛选从二万七千人中选出了九千二百三十人。选出莎乐美·伯恩斯坦、卡尔曼·布隆伯格和玛丽·吉尔索维斯的是一九四三年十月二十六日那次。那一天，二千七百零九人被推向了死亡。

亚伯拉罕·托利在他日记中叙述了一九四一年十月二十八日和一九四三年十月二十六日两次大筛选。亚伯拉罕·托利是科夫诺犹太隔离区议会的秘书长。他从战争开始到结束一直在记日记。他简略地提到过我的舅爷："纳胡姆·吉尔索维斯听到公告之后离开了房间"或者"我们想办法解决住房问题，纳胡姆·吉尔索维斯也在"。纳胡姆是犹太隔离区议会的成员，负责住房问题，但作用不大。亚伯拉罕·托利详细记录了筛选经过。一九四一年十月二十八日，下着雪，将近三万人，包括妇女、小孩儿和老人，等着从赫尔穆特面前走过。赫尔穆特·罗加面带微笑，"吃着油纸包着的三明治，边吃边继续用手指，左边，右边"，每半小时，他命令别人："给我数一下，数一下，我需要知道确切数字。"这一天到最后，广场上只剩十几把年纪最大的老人坐过的椅子，还有几件主人不见了的小孩儿外套。

一条河从科夫诺穿城而过，民主广场在河另一侧的市郊。我这个外国游客要求到河对岸去，司机一点儿也不惊讶。他不会英语，而我不会立陶宛语；从昨天开始我们就用手势交流。我不知道他的名字。我们谈妥了个价钱。第九堡垒博物馆，波尼威治，民主广场，酒店，然后去机场，多少钱？他按立陶宛的货币单位立特告诉我一个价格，我没还价，因为价钱换成欧元还算公道。之后我心想，如果他知道我是犹太人，大概会觉得犹太人真是有钱到包两天出租都不用还价了吧。司机看着就是个好人。他小心翼翼地开着旧了的奔驰车，只有肯定对面没车开过了时才会超过前面的拖拉机。他什么也没问我。我试着用手势向他解释："外祖母从波尼威治来"，"犹太隔离区"。他摇晃着留胡子的胖脑袋说，"呐，呐"，意思是不知道。我让他在曾经犹太隔离区的入口停车，他并不惊讶，对面是一个石质小纪念碑，上面用希伯来语和立陶宛语刻着些字。石碑前放了些白色小石头和几根蜡烛。我给司机和水泥建筑照相，还拍下了临街那些带着花花绿绿铁皮顶的小木房。司机对此也不觉得惊讶。我们把围着犹太隔离区的街道转了一遍，派纳莱街、尤尔巴尔科街还有民主街。在中央是一片开阔地，有些金属做的红色儿童娱乐设施，还有一个类似小山丘的东西，上面立着几面带褶的大水泥墙。三个年轻女孩儿在那儿抽烟。好了，这儿就是民主广场，距一九四一年十月二十八日大筛选整整七十年，距莎乐美·伯恩斯坦、卡尔曼·布隆伯格、玛丽·吉尔索维斯被带走的筛选已有六十八年。我问那三个女孩儿："这个建筑是纪念犹太隔离区的吗?"她们仨不会英语。我在广场转了一圈,希望找到一小群年老年少的犹太人,带着儿孙为死者祈祷,或者只是一个人祈祷的犹太老人也行。来了两位女士,一位挎着绿色购物袋,另一位的购物袋是别的颜色的。我试着和挎绿色袋子的女士搭话,她也不说英语。我回来找司机,他同情地看着我,打了个手势,建议再绕广场转一圈。我指给他看波浪形的墙,那好像是纪念什么沉重的事情的。他摇摇头说:"苏联,苏联"。这是为了表达对苏联占领事情的悲痛而建立的。他看着比我还失望。七十年过去了,科夫诺犹太隔离区什么也没剩,只有一块刻了字的白石头还能让人记起曾有三万人在这里等待死亡。司机开得很慢,我们沿着民主街、派纳莱街、尤尔巴尔卡斯街、河边点缀着水泥建筑的广场重新绕着犹太隔离区转了一圈。街区好像被荒废了,几个行人,窗里的帘子和几缕炊烟让人看出这里还有人生活。但这是另一种生活。小木屋更是显得空荡。只有它们呼唤着人们对战前生活的追忆。斯洛博德卡这个低调的街区却因犹太学校而闻名,在这个区就有十所,而且还有一座大学。这些什么也没留下。在犹太隔离区时期,这里有一家医院、一所学校、一个剧场和一座图书馆,人们整日地排队等待被筛选,或去左边,或到右边。七十年过去了,一日不差,九千二百人被分到了右边。这一切什么也没留下。

司机是否明白为什么昨天我在博物馆停车场上欣喜若狂,为什么来波尼威治的路上我哼着小曲,而今天我却像孤儿一般？他低着头，不知道怎么安慰我好。他做出吃饭的样子，我点点头同意了。我给他看《孤独星球》的饮食专栏，他想了想，要带我去个好地方，好好照顾我。我们进了一家咖啡馆，找了张漂亮的木桌子坐下。留着金色发辫的女服务员给我们端上茶和甜菜浓汤。我还认出了荞麦面包、煮土豆，还有浇了厚厚一层奶油的甜菜汤、带肉的小面包、土豆可丽饼，一九四三年三月米丽娅姆在犹太隔离区举办婚礼时曾试着用土豆皮做烤饼。是的，这些都很熟悉，科夫诺隔离区没了踪影，刻着希伯来文"1941—1944"的石碑，房顶颜色鲜艳又斑驳的木屋，这些都透出荒废的气息。战后新的居民搬了进来，但他们也没过上好日子，开始的苏占、后来的独立和资本化给科夫诺带来的，除了痛苦没别的。在科夫诺的餐厅里，一群商人模样的人在庆祝什么。他们喝伏特加，穿一身黑。一个服务员给我拿来一瓶香槟，说是穿黑色上衣和牛仔裤的男人送的。我起来去道谢，心想，好吧，我要向他说明我为什么来这儿，他们也会告诉我在苏联占领下长大是什么样。穿黑衣服的男人看着我，我含糊不清地用英语说："非常感谢。"他用英语回答："是，是。"我重复说："谢谢。"他也重复："是，是。"我不知道该怎么办，服务员拉了拉我的肩膀说："他醉了，别担心。"这些毫无意义，简直荒谬。今年是科夫诺大屠杀七十周年，科夫诺大屠杀是第二次世界大战中第一波对犹太人的大规模屠杀，我为了它的七十周年纪念来到科夫诺。我站在一桌醉生梦死的男人面前，另一边我的桌子上放着一瓶刚打开的香槟，这一切，除了我们各自可怕的孤独和骇人的记忆之外，什么也说明不了。

周日，在第九堡垒博物馆，耶路撒冷基督徒使团的牧师大使主持了一场七十周年纪念会。我曾外祖母玛丽还有莎乐美、卡尔曼的生活没留下一点痕迹。一九四三年十月到一九四三年十二月，纳粹下令焚毁尸体。临近集中营的囚徒被送到科夫诺完成这项任务。以前的生活，名叫莎乐美·伯恩斯坦的打鼓小姑娘在这个地方留下了什么痕迹呢？当时吉拉劝我别去立陶宛，她是对的吗？——"什么也没剩下。"我在我如今的生活中寻找这段过往的痕迹，它只留下了一些微乎其微的影响，我在这里寻找同样的痕迹，到处我都能看到，在机场跑道工人和从民主街木屋出来带着挎包的女人们的身影里，在坐在意义模糊的建筑边的年轻女孩儿身上，在那些无奈地试图忘掉这里曾有人杀害、曾有人被杀的男人的脸上。

我外祖母金达在二〇〇七年去世，享年一百零二岁，母亲爱莲娜二〇〇一年去世，那时她六十九岁。我现在耳边还会想起她们说出瑞雅和玛莎名字时那种温柔又悲伤同时带着欢快调子的声音。这两个女人如此有活力，所以爱莲娜和金达提起这段回忆时不得不记起这一点，瑞雅和玛莎在莎乐美和卡尔曼死后选择了生活和爱，而她们，爱莲娜和金达，由于同样的亲人去世，在某种程度上放弃了生活和爱。

战争之后，米丽娅姆和纳胡姆有了两个孩子，撒母耳和菲伊。撒母耳与伦尼结婚，杰森和玛耳珀萨是他们的孩子，乔希和汤姆是他们的孙辈。菲伊和丈夫艾拉生了丹尼尔和尼古拉。莎乐美的妈妈瑞雅和埃利·阿尔特曼生了一个男孩叫班尼。班尼是梅拉夫和瑞雅的父亲，而后成了雅埃尔的爷爷。玛莎和大卫有两个女儿，米莉和吉拉，米莉嫁给拉恩，生了诺亚和西拉，而后成了妮娜和莉莉的外祖父母。一直好奇的吉拉与杜比结婚，做了阿维夫、本和哈达尔的父母。小利奥尔是本的儿子。吉拉跟我说过她的小孙女："我爱她爱得要死。"

这本书写完的时候我姐姐给我拿来一张莎乐美的照片，是在金达的遗物里找到的。这张照片我从没见过。莎乐美穿着白短裤和配套的小鞋子、小袜子。她一只手拿着一个白铁桶，另一只手抓着一张婴儿椅。她在阳光里笑着，向一边看去，一条腿微微向后，另一只稍稍向前。照片背后注着一行铅笔字，字迹瘦长，是金达写的。"姐姐瑞雅被流放的女儿"，没有其他解释。在正面用蓝钢笔水注着时间和日期："一九三九年七月一日，于帕内穆内"。这张照片和我房间里莎乐美和她父母的照片是同一天拍的，我曾对着那张照片祈求，离开，离开这里。照片上同样蓝钢笔水用德语写着大写的"莎乐美，两岁，四个月"。莎乐美·伯恩斯坦一九三七年三月初出生，一九四三年十月末去世。到今天她该七十五岁了，却最终成了我生命里缺席的人。

莎乐美·伯恩斯坦

我一个人不可能写成这本书。我要感谢皮埃尔·帕彻给我鼓励，给我阅读建议。谢谢米丽娅姆·格什温、吉拉·博德、米莉·勒纳、菲伊·博登斯坦、班尼·阿尔特曼、约阿夫·哈莱维慷慨地抽出时间给我讲我们家族的历史。感谢吉勒·罗齐尔把纳胡姆·格什温、金达·帕彻、瑞雅·阿尔特曼和玛莎·布隆伯格的信从意第绪语翻译过来。感谢曼侬·鲁瓦左、穆莎·格里纳、娜迪亚·图兰斯。感谢皮埃尔·帕彻将信件和诗歌翻译成法语。感谢历史学家罗兰·乔利。感谢迈克尔·普拉然、娜丁·弗雷斯科的建议。感谢苏菲·阿冯、劳伦斯·德·康布罗纳、安东尼·斯里博、伊莎贝拉·康辛尼、蒂埃里·康辛尼、朱丽叶·巴彻、巴里·巴莱特、查里娜·布尔乔·塔凯、桑德琳·布劳尔、玛丽娜·多伊西、伊夫·哈特、朱丽叶·乔斯特、马蒂娜·萨达、让·诺埃尔·庞克拉齐好意帮助，感谢撒母耳·卡尔卡松付出耐心。